浪漫疾風録

生島治郎

中央公論新社

目次

地獄へようこそ

越路玄一郎は白くて高い天井をぼんやり仰ぎ見ていた。つい三ヵ月前に引っ越してきたばかりの新居である。そして、この部屋は新居の中でもっとも広い寝室であった。

他の部屋はどれもせまいのだが、ここだけは十畳ほどの広さがあり、天井の中央が高々としている。これは女房の景子の設計で、他の部屋がせま苦しいから、せめて一室だけは広々としたつくりにしようという意図らしかった。

たしかに、この部屋に入って寝転がり、高々とした天井を仰ぎみていると、小説の構想が浮かんでくるような気がする。書斎はせまいから、そこへ入ると、もう原稿用紙に筆を走らせることだけ考えることにして、越路は作品の筋立てや構成、細いコンテなどをまとめるときは、もっぱら寝室に入り、天井を見上げることにしていた。

しかし、はっと気づくと、自分もずいぶんぜいたくになったものだと思う。こんな広い部屋でゆっくり物を考えるような身分に、どうしてなれたのかと思う。それは別に、越路の稼ぎが良くてそうなれたわけではなく、借金をしたせいだとわかっているし、その借金のことを考えると、背中がみしみしと鳴るような重圧を感じないわけではないのだが、それでも、そんな借金ができたということが、なにか分不相応な気がする。

もの書きとして食っていけるかどうかということさえ危うかった身が、今、新居にいて、一人前の作家のような顔をしているということが夢のような気がするのである。越路ばかりでなく、今の日本人は誰もが中流意識を持っていて、食うにこと欠くという意識はないだろう。住む家については、まだ充分とは言えないと思っている人は多いかもしれないが、家電製品や自家用車はみんな揃えている。職にありつけなくておびえる人も少いだろう。

つまりは誰もが暖衣飽食の時代にあるわけだが、越路のような年配者には、そのことが不思議でならない。どうしてこうなったのかがよくわからないところがある。要するに、一所懸命働きに働いてきた末に、こういう時代がやってきたのだということは身に沁みるほどにわかっているのだが、それにしても、こんなふうになるとはなあという思いがある。越路は今五十九歳で、もうすぐ還暦を迎えようという年齢であるが、越路が大学を卒業して、社会へ出たときは、とてもこんなけっこうな世の中になるとは思わなかったし、自分が三十六年後にこういう家に住めるなどとは考えもしなかった。想像もし得ないことであった。

そう思いながら、白い天井を見上げていると、その頃のことがそこにちらちらと浮かんでくる。自分の姿と、その時代に自分の周辺にいた人々のことが脳裡に浮かび、その映像が白い天井をスクリーンがわりにして写ってくるような気がする。

もちろん、いまだに生存中の人々もいるが亡くなった方もいる。五十九歳にもなると、人間の死が身近に感じられてくる。つい先だっては松本清張が死に、それ以前に、井上靖が死んだ。

いずれも作家として大スターともいうべき存在の人々であった。二人とも、越路とはかなり年齢に差があり、ある意味では、寿命を全（まっと）うしたと言ってもいい年齢ではあったが、こういう巨星が遂に消えたかという意味で、越路にはショックであった。

巨星ばかりでなく、越路とは年齢の近い男たちも、しきりに消えてゆく気配がある。色川武大もそうだし、青木雨彦もそうだ。年齢も近く、また自分の身近にいるという感じのもの書きが死ぬと、明日はわが身かと思う。

実際、戦争中に少年時代を送り、明日はわが身かということを実感した越路のような世代にとって、死はいつも身近にあった。志願して戦争に行けば死ぬしかないことはわかっていたし、前線に行かなくとも、運が悪ければ死ぬに決っていた。ほんの十センチばかりの差で、機銃掃射を受けて死ぬものもあれば、助かるものもいて、そんなことはごく当り前だった。

だから、越路のような世代の人間は戦争が失（な）くなって、平和な時代がやってきても、死ななかった分だけもうけものだという感じがつきまとっていた。そして、自分の身をいたわることなく、仕事や遊びに精を出した。いわば、がむしゃらに生きてきた。そうやって生きていれば、死んだっていいやという気分がどこかにひそんでいたように思う。

　特にもの書きはそうで、ただもう必死に仕事をし、そのストレスを解消するために、生命を張るような遊びを平気でしてきた。

　梶山季之や柴田錬三郎というような人々の死は、越路の眼から見れば、仕事に殉じた戦死というように見えた。それはそれで仕方がないのかというように思っていたのだが、まわりにいて、眼に見える感じの友人が死にはじめたり、病いに冒（おか）されたりするのを見ると、自分もそろそろかなと思ったりする。

　どだい、いつ死んでもいいように思ってきたし、自分が考えていた以上の年まで生きてしまったのだから、別に悔いがあるわけではない。

　ただ、こうして広々とした寝室に横たわり、暖衣飽食をしている自分を感じると、なんだか昔と今の距離があまりにも遠く思われる。そして、その遠い過去になにがあったのかをあらためて検証したい気分になる。

　三十六年前は、越路自身も食うや食わずであったが、今、もの書きとしてスターの位置を得ている人々もまた食うや食わずであった。しかし、彼らは将来自分がなりたいこと、したいことをはっきりと——いや、はっきりとではないにせよ、その夢のなにかをつかんでいた。つまりは、自分の星をつかもうとしていたのだ。そして、彼らは志（こころざし）を得て、星になった。

編集者からもの書きになる間に、越路は彼らが星になるまでを、裏から表からつぶさに見ている。貧しく、恵まれない時代ではあったが、みんなが奇体なエネルギイに充ちていた。いつでも走ろうとし、走っては転んでいた。

いわば、疾風怒濤の時代であった。

越路は今そのことを書きとめねばならぬと思い立った。なぜだかはわからないが、そういう消えつつある星たちのことどもを書きとめねばならないと感じた。そうでないと、自分を含めて、みんなが消えてしまう。

越路はむっくり起き上って、書斎へ入り、自分が編集者になった頃から書きはじめた。昭和三十一年（一九五六年）、越路が二十三歳のときのことである。

越路が大学を卒業したのは、その前年の昭和三十年であった。しかし、朝鮮戦争が終ると日本はナベ底と言われた不景気の時代へ入り、大学を卒業しても就職のあてがなかった。ふつうの学部を卒業してもそうなのだから、越路のような英文科出身の卒業生など、就職試験を受けられるチャンスも乏しかった。成績でも良ければまだしも、低空飛行でようやく大学を出た越路などは各会社とも、まるで相手にしてくれなかった。

上海（シャンハイ）からの引き揚げ者である彼には地縁血縁のコネもない。のちに、越路のような引き揚げ者がもの書きを多く輩出するようになるのだが、彼らがそうなったのも、組織にはなじまないということと同時に、地縁血縁がうすく自分の力だけを頼りに世に出ざるを得なかったという事情もあったかもしれない。

結局、越路はどこにも就職できず、とりあえず、大学時代の友人の紹介で、美術評論家の植村鷹千代の主宰するデザイン・プロダクションに入れてもらった。

ポスターや雑誌の表紙、あるいは立体ディスプレイやショウウインドウの飾りつけなどをする仕事だが、当時はそういう仕事はきわめて少く、依頼されるのは植村の顔によるものが多かった。

今でこそ、商業美術は大きなシェアを持っているが、当時は画家のアルバイトという域を出なかった。デザイン・プロの仕事はクライアントから注文を取り、それを画家に回して斡旋（あっせん）料を稼ぐというごく細々としたものに過ぎなかった。

従って、仕事も少く、越路の役割りは使いっ走りにすぎない。たまに国際見本市に参加する企業からディスプレイの仕事が舞いこんだときには、徹夜仕事になったりするが、あとは画家とクライアントの間を行き来する使いっ走りでしかなかった。

おかげで、植村と縁の深いモダンアート系の画家たちとはかなり親しくしてもらっていたが、その画家たちもたいていは貧乏だった。しかし、彼らはたいてい人が好（よ）く、画を描くことだけが取り柄で、また、画を描くことにのみ生き甲斐を覚えているような人たちだった。

そういう人たちと仕事をしているわけだから、デザイン・プロの経営も楽ではなく、そこに身を寄せている越路も肩身がせまかった。他に社員らしい社員もいないので、出社すると事務所内の掃除をするのは越路の役割りであり、他の人たちが来るとお茶を出したりもしなければならなかった。

当然、未来のことを考えると、暗澹たるものがある。彼は高校時代から小説を書いていて、大学時代には青木雨彦や高井有一と同じ同人雑誌に属していたのだが、もとより、小説で食っていけるとは思いもよらなかった。せめて、小説に縁のある出版社か、あるいはジャーナリズムの世界へ入りたかったのだが、この就職難ではどこも高嶺の花だった。

彼は毎日が灰色のベールに閉されているような気分で、事務所へ行き、掃除をし、茶を淹れていた。自分にどんな才能があるかわからず、もしあったとしても、こういう時代では才能が生かされるチャンスは皆無のように思われた。

大学を出たのに、未だ親のスネをかじりつづけねばならない自分が情けなかった。こうしてぐずぐずと腐ってゆくのかと思うと、空恐ろしい気分になった。唯一の希望は小説を書くことだったはずだが、そういう才能もプライドも、退屈で単調で灰色の毎日の中に埋れてゆくようであった。まだ若樹のくせに、立ち枯れになっている自分を感じないわけにはいかなかった。

一年ほどそこに勤めたあとで、画家の勝呂忠(すぐろただし)から耳よりの話を聞いた。早川書房から新しい雑誌が出るので、編集部員を募集しているというのである。

早川書房は海外ミステリのシリーズをアメリカのポケット本のようなサイズで出しているので有名な出版社だった。

その本の形もスマートだし、表紙もアブストラクトの画を使って、しゃれた都会的なセンスにあふれていた。

勝呂忠はその表紙の原画を描いていて、早川書房とはコネがあるということだった。

「植村さんが了承して、きみが受けるつもりがあるなら、受験できるように口を利(き)いてもいいよ」

と勝呂は言ってくれた。

「もちろん、受験資格が得られるというだけで、あとは実力なんだけどね」

「お願いします」

と越路は頭を下げていた。

「植村先生も了承して下さると思います」

了承もなにも、どだい大した仕事はしていないのだから、越路の代りはいくらでもみつかるはずだった。事実、植村にその旨(むね)を告げると快(こころよ)く了承してくれた。

その年の一月に芥川賞が発表され、『太陽の季節』で石原慎太郎が受賞していた。この作品は当時の若者の風俗を鮮烈に描き出し、若者の生態とそれに伴う性が生々しく書かれたことで、銓衡委員の間で意見が分かれた。賛否両論はげしく対立する中で受賞が決ったことでも話題になり、受賞後たちまちベストセラーになるとともに、映画化も決定し、いわゆる『太陽族』ブームを生んだ。

越路は自分と同世代の人間が書いたことで、旧世代とは異質の新しい息吹きを作品からまざまざと感じとり、石原の才能に驚嘆して、芥川賞の受賞を当然だとは思ってはいたが、反面作品の中に描かれている生活が自分とあまりにもかけ離れているので、なにか別世界を覗き見る心地もした。

金持ちの坊ん坊んたちが、なんの苦労もなく遊び暮し、奔放なセックスを楽しんでいる。その陰に虚無と暗い翳りがあることはわかるのだが、それにしても、その生活は越路とはあまりにも遠い存在だった。

越路の毎日は『太陽の季節』どころではなかった。太陽は自分とは縁のないところで輝いているだけだった。石原の存在は、越路たちの世代をある意味では代弁していたが、まある意味では、あまりにもゴージャスすぎてついてゆけなかった。

石原が今勢いよく自分の芽を伸ばしはじめているのに反し、越路は立ち枯れであり、世の中の大半の若者がそういう欲求不満を抱いているようにも感じた。そして、立ち枯れの若者たちに陽光の射すチャンスはほとんどなかった。

だから、早川書房で編集部員を求めていると聞いて、越路はそれが厚い雲間から見えた一筋の陽光のような気がした。これを逃すと、もう永遠に自分は陽の目を見ることはないのだと思った。

勝呂が口を利いてくれたせいで、越路はなんとか受験者の中に入れてもらうことができた。早川書房はエラリイ・クイーンが編集して世界各国で出版されている日本版の月刊誌を発行するということだった。

そのために、編集者を一人、校正者を一人採用するという。受験当日、その受験者が六十人以上に達すると聞いて、越路はがっくりした。六十人以上もいては、とうてい入社試験に合格するはずがない。

昭和三十一年は三十年より不景気で、大学卒の就職希望者のうち就職が決ったのは六十五パーセント程度にすぎず、前年より十パーセント下まわっていた。街中に『求職』と大書した札を胸に下げた大学卒業者がいたという時代である。

受験者のあまりの多さにもがっくりきたが、早川書房の社屋を見て、越路はまたがっくりした。

しゃれた都会的なセンスにあふれた刊行物を出している出版社だから、きっとモダーンなビルかなにかにちがいないと思っていたのだが、神田駅のすぐそばにある早川書房のその社屋は二階建ての古びた木造の仕舞た屋だった。せいぜい商売をやっているにしても、あまり流行っていない畳屋といった感じである。

建てつけのわるいガラス戸を開けて中へ入ると、暗い一階に営業部があった。みしみしと音のする古びた木の階段を登ると、二階が編集室になっている。畳を上げたあとにデスクを並べたとみえ、床はささくれ立ったままであった。その八畳ほどのせまいところにデスクがひしめきあっている。

受験生たちはそのデスクにずらりと並んだ。ひとつの机に二人ずつ以上がつめあっていることになり、それでも、二十人ほどがやっと座れる状態である。

どうやら、三日ぐらいにわたって、試験を行うらしい。

そのせまい部屋の中に長身の男が立っていた。頰がそげ、眉秀でた美男子である。いかにも俊敏な仕事師という印象だった。

「わたしが編集部長の田村隆一です」

と男は名乗った。しぶいバリトンで、容貌に似つかわしかった。

越路は（ほほうこの人が）と思った。

田村隆一は『荒地』に所属する詩人として有名だった。平明だが、鋭く深い感覚のにじみ出す詩を書いていて、詩には詳しくない越路でもいくつかの詩は知っていた。

（こういう人だから、ああいう鋭い詩が書けるんだ）

　田村を仰ぎ見ながら、越路は納得していた。彼の風貌は気鋭の詩人にふさわしく、また、どんな仕事でもばりばりこなしてしまうような才気を感じさせた。

（こういう人の下で仕事をするとしんどそうだが、やり甲斐もあるかもしれんなあ）

　田村は切れ味のある口ぶりで、受験の要領を受験者たちに教えた。英文のペーパーテストと、そのあとで簡単な口頭試問があるらしかった。

　ペーパーテストは、さしてむずかしいものではなかった。のちにわかったことだが、E・S・ガードナーの作品から選ばれた原文で、ガードナーは口述筆記で作品を書くことで知られており、従って、それほどむずかしい言葉は使わない。もし、エラリイ・クイーンやヴァン・ダインの作品から出されたら、越路は音を上げたにちがいなかった。

　ペーパーテストが行われたあと、すぐに一人ずつ呼び出されて、田村ともう一人若い男による口頭試問が行われた。若い男は越路と同年輩のように見えた。

「英文はよく読めるようですが、ミステリは読んでいますか？」

　とその若い男が訊いた。

「いいえ、あんまり」

　と越路は答えた。

「クイーンやクリスティ、ヴァン・ダインにポーやドイルの『シャーロック・ホームズ』程度です」

「まあ、それくらい読んでいればいいんですが」

と若い男は言った。

「あなたは英文出身ですから、それらを原文で読んでいるんでしょうね」

「いいえ」

と越路は顔を赧くした。

英文のものと言えば、大学の教科書と他には卒論に必要だったジョナサン・スウィフトのものしか読んでいなかった。それも訳文と照らし合わせて読む程度である。

「原文は読んでおりませんし、それほどの語学力はないのです」

これでもう駄目だなと思いつつ、越路は力なく答えた。

「正直でよろしい」

横から田村がニヤッとして言った。

「結果はいずれ知らせるから、今日のところはこれで」

田村が好意的な笑みを見せてくれたようにも思ったが、ミステリにも詳しくなく、英文の原文を読みこなす力がないことがバレては、とても入社は覚つかないなと越路は観念した。

(まあいいや、こんなボロっちい会社に入らなくても)

と負け惜しみ半分に考えていた。

（また、チャンスはあるだろう）

しかし、この不景気にそんなチャンスが転がっていようとは思えなかった。もう植村のところへ戻るわけにもいかず、当分、親のスネをかじらねばならないかと思うと憂鬱だった。

見習いとして採用するから、出社せよということである。越路は天にも昇る心地だった。世間に見放された気分で一週間を過すうちに、ある日、採用通知が来た。

六十人余にわたる受験者の中から、どうして自分が選ばれたかわからず、宝クジに当ったような気分だった。

指定された日に出社すると、田村隆一が待っていた。編集室で向い合うと、彼は越路の顔をまじまじとみつめた。

「きみの図々しいところが気に入ったよ」

といきなり言った。

「えっ？」

越路は面喰った。自分は小心翼々として受験したつもりなのに、図々しいとはどういうことかと思った。

「いや、この写真だよ」

田村はクスクス笑いながら、受験用に提出した越路の写真を指さした。その写真は写真屋で学生服のまま撮ったものだった。

「これは修整がひどすぎるんじゃないかね」

　と田村は言った。

「この写真だと、きみはえらい美男子に見えるが、当人に会ってみると狸みたいな面をしていやがる。ひどいねえ。笑っちまったよ。こういう図々しさがないと、編集者はやっていけない。気に入ったよ」

　越路はますます面喰うばかりだった。讃められているわけではなく、からかわれているらしいとわかったが、田村の言い方はユーモラスで怒る気にはなれなかった。むしろ、親近感を覚えた。

　この間の俊敏な印象はなく、田村はもう越路を仲間と考えているような親しさだった。

「それにな」

　と言って、田村は煙草に火を点けた。

「きみは成績が良くて、わが社に受かったわけではない。実は、もう一人きみより優秀なのがいたんだ」

（やっぱり）

　と思って、越路はぎょっとした。

（じゃあ、なぜおれは採用されたんだろうか？）

「だが、その男は地方出身者で、ここへ入ったら月給で生活しなけりゃならない。つまり、親のスネをかじるわけにはいかんのだ」

と田村はつづけた。

「その点、きみは月給をアテにしないでもいい。親元にいるわけだから、月給が安くても食っていけるだろう、どうだ？」

越路は答につまった。たしかに、親元にいるが、いつまでも親のスネをかじるわけにはいかないから、働こうとしている。とても道楽で会社勤めのできるような身分ではなかった。かと言って、月給が安いからといって、入社を断わるほどの身分でもない。

「ええ、まあ」

と答えるしかなかった。

「今のところは親元から通ってこられますが」

「よかった」

田村は越路の肩をポンとたたいた。

「ここはな、月給だけで食えるところじゃないんだ。結婚なんてできやしないよ。結婚してるやつは別れることになっている」

そう言って、ヶッヶッヶと怪鳥のような声を発した。

「ま、覚悟を決めたまえ。きみを新入社員――ただし、見習いだけどな――に採用することにした。いいかね」

「ありがとうございます」

越路は田村の雰囲気に呑みこまれていた。この人と一緒に仕事をするのは、楽しそうだなと思った。田村の身なりはよく見ると垢じみていて、見栄えはしなかったが、そんなことには頓着しないという闊達さにあふれていた。風貌はシェパードのように鋭かったが、雰囲気はユーモラスでのんびりしていた。いかにも詩人らしい楽天的な匂いを感じさせた。

「よし、じゃあ、給料は七千円だ。ただし、交通費は出ないよ。自弁だぜ」

と田村に言われて、越路は眼の前が暗くなった。前に勤めていた植村の事務所ですら、八千円をくれていた。その上、交通費が自弁となると、越路は横浜から通っているから、手取りは六千円に充たなくなる。

彼は学生時代に港湾関係の仕事をして、週に二日ほど重労働をこなしたが、それが月に七千円にはなった。

呆然としていると、田村がまたポンと肩をたたいた。

「そんなに暗い顔をするな。ここでは暗い顔をしていたら生きていけないぜ。なんとかなると思っていなきゃ、どうにもならんところなんだ」

あまり慰めになる言葉ではなかった。世間の相場では、大学卒の給料は一万円以上になっていた。畳一畳分が千円の時代で、三畳の下宿だと三千円取られるわけだが、それでも七千円あれば、なんとか食っていけた。百円亭主という言葉があって、ふつうのサラリーマンの小遣いが一日百円の時代である。

　それが六千円に充たない月給となると、家に生活費を入れるゆとりはなさそうだった。当分は、親のスネをかじらざるを得ない。

「それに残業代は出ないぜ」

　と田村は追い打ちをかけてきた。

「朝は九時半出社だ。他の出版社は編集部だと、たいてい午頃(ひる)に出てくりゃいいらしいが、うちはそうはいかないぜ。ファッツがうるさいんでな」

「ファッツ?」

　越路は眼をぱちくりした。

「そりゃ、誰のことです」

「社長のことさ」

　と田村はニヤッとした。

「きみは『ハスラー』という映画を観なかったかね?」

「ええ、観ました」

『ハスラー』というのは、玉突きのプロを描いた映画で、当時評判になっていた。若き日のポール・ニューマンがそのハスラーを演じていた。

「あれにミネソタのファッツというのが出ていたろう」

という田村の言葉に、越路は思い出した。仇役でそういう凄腕の肥った男が出ていた。

「うちの社長はあれに似ているから、おれがつけた仇名さ」

と言って、田村はケッケッケと笑った。

「見ればわかるよ。相撲部出身で相撲が大好きなんだ。だから、かなり肥っている。しかし、頭は切れるよ。油断をしちゃいかん、なかなかに細いところもあるが、性格さえ呑みこめば、憎めないおやじなんだよ。いいかね、きみは出版社というと現代的な職場だと思っているかもしれんが、それは大間ちがいだ。日本の出版社は、いわばお店なんだ。オーナーの意向が絶対なのさ。あとは重役とか編集長とか肩書きはもっともらしくても、番頭であり手代にすぎない。社員はまあ丁稚小僧の類いだな。きみもそう覚悟した方がいいよ」

越路はますます眼の前が暗くなってきた。

「そう思って、ファッツの言うとおりにしていれば、まず間ちがいない。シビアだが経営のセンスはある。だから、こんな小店でもやっていけるんだ。きみもお店に入ったと思ってせいぜい、がんばるんだな」

暗くなった越路の表情を楽しむように、田村は楽しそうにしゃべった。

「朝は早いかわりに夜は遅いぜ。特に、きみは雑誌の編集をやるわけだから、校了間際には徹夜になりかけるかもしれん。しかし、残業代は出ない。夜食に丼ものの一杯ぐらいは出るかもしれんがね」

越路は自分がまたもや灰色のベールに包まれるのを感じた。やっとそこからぬけ出せたと思ったのに、ここはさらに暗そうである。

「そんなに暗い顔をするな」

田村はゆらゆらと上体をゆすった。

「きみは若いんだ。なんだって辛抱できるさ。ここではこき使われるかもしれんが、きみにとって、いろいろ勉強になることも多い。ま、自費でオックスフォードとかエールへ留学したと思えば、月給をくれるだけましだ。腹を立てずにのんびりやることだよ」

励ましになるようなならないような言葉を吐くと、田村は立ち上った。

「それでは、社長に紹介しよう。ファッツは階下の階段の横にデスクがある。そこにいれば、遅刻した社員は一眼でわかるからな。遅刻をひどくいやがるんだ。きみもそのことには注意したまえ。いったん編集室へ入れば、社長の眼が届かないから、多少サボってもいいが、遅刻だけはまずい。おれにもかばいようがない。第一、社長の机の上に出勤簿がある。出社すると、社長にお早うございますと挨拶(あいさつ)してから、自分でその出勤簿に判を押さなければならない。そこを素通りってわけにはいかんのだ。ま、そこが地獄の一丁目ってわけだな」

「出勤簿にいちいち判を押すんですか」

越路は会社という以上、そんな原始的なシステムになっていようとは思わなかった。だから、つい不満気にそう言ってしまった。

「おまえさんは、まだまだわかっていないようだな」

田村は階段を降りながらふり返った。

「ここはお店だぜ。お店にタイムレコーダーなんてしゃれたものはないのさ。シッ、もうよけいなことを言うな。ファッツに聞えると、入社を取り消されるかもしれん。おれはおまえさんが気に入っている。なるべく入社してもらいたいのさ」

なんだか妙な気分で、越路はギシギシときしむ古びた階段を降りていった。

階段を降り切って、ちょうどその横手に当るところに社長のデスクがあった。正面のガラス戸を開いたすぐ右手に当り、入ってきた人間はすぐにわかる位置にある。

(なるほど、これでは遅刻はできないわけだ)

と越路は思った。

(遅刻したとたんに、社長にみつかっちまうな)

それは国境線のチェックポイントに監視塔があるようなものだった。しかも、そこを監視しているのは兵隊ではなく、総司令官自らなのである。みだりにそこを通過すれば銃殺されかねない雰囲気があった。

「社長、これが新入社員の越路玄一郎くんです」

と田村はデスクに座っている人物に越路を紹介した。でっぷりと肥っていて、相撲部出身というのもさこそと思われる体格だった。年は四十半ばぐらいだろうが、頭はすっかり禿げ上っている。眉がうすく、眼は小さかったが、その眼は鋭く光っていた。

「ああ、きみが越路くんか」

と社長は越路をじろっと見上げた。

「きみは雑誌編集の経験はあるかね？」

「いいえ」

と越路は答えた。

内心では、田村と社長の対照の妙に感心していた。田村は長身痩躯で、俊敏な風貌をしているものの、どこか詩人らしい浮き世ばなれした匂いがあった。一方、社長の方は背は越路より低いくらいだが、でっぷりと肥っていて、いかにもビジネスマンにふさわしい現実的な風貌をしているように思えた。

「全く経験はありません」

募集規定に経験者とは記していなかったので、越路は正直に答えた。

「困るな」

社長は不機嫌そうに眉をひそめた。本当に困るという表情で、越路はびくっとした。

「勝呂くんから、きみはレイアウトやそういう経験があると聞いたんで、採用することにしたんだがね」

「そうですか」

越路は雑誌のレイアウトがどういうものかも知らなかった。

「それは申し訳ありません。勝呂さんはぼくを好意的に推薦して下さったんでしょうが、でも、ぼくにはむりです」

「ま、そんなことはすぐに覚えるさ」

　と田村が横から取りなしてくれた。

「社長、この男は編集者としてのセンスはありそうです。めげないところがいい。新雑誌には失敗がつきものですから、多少図々しくないとね」

「だからと言って、失敗は困るよ」

　社長は神経質そうに言った。押しの強そうな体型に似合わず、案外気の小さい人なのかもしれないと越路は思った。こういう人物は小さいミスでも、がみがみ叱言を言うかもしれない。

「とにかく、経験がないのにやとうわけだから、せいぜいがんばってくれなければ困るよ。うちの社は無駄な人間をやとっておくだけのゆとりはないんだからね」

「はあ」

　越路はすっかり気が滅入ってしまった。田村にも、月給その他いろいろと気の滅入る話を聞かされたばかりだが、田村の陽性な語り口がそれを救ってくれた。この人と一緒にやっていけば、なんとかなるだろうという気分になれた。

　しかし、社長から話を聞くと、眼の前に壁がせまっているようで息苦しくなった。なんだか光の見えない地獄の底へ追いやられたような気分である。自分が無駄飯食いだとはっきり宣言されたのも情けなかった。

　確かに、考えてみると、出版に関してはなにもわからず、すぐに会社の役に立つとは思えなかった。新雑誌に関しても、ミステリ翻訳誌なのに、自分はそれに役立つべき知識はなにもない。

「いろいろ教えていただいて、すぐに仕事を覚えるようにします」

「これから覚えるようじゃ間に合わんのだよ、な、田村くん」

　と社長は言った。

「これで使いものになるのかね？」

「なんとかなるでしょう」

　田村はのんびりと答えた。

「中田くんがその辺のことは心得ているはずですから」

「そうか。じゃあいいだろう」

　社長は不満そうにうなずいて、それから、念を押した。

「越路くん、遅刻はいかんよ。出社は九時半だぞ。それでも営業より三十分遅いんだ。九時半は厳守してくれたまえ」

ようやく解放されて、越路は田村とともに編集室へもどった。編集室は窓の大きい分だけ、明るいような気がした。一階の営業部は陽が射さず実際に暗い上に、社長の存在が一層息苦しいものにしているように感じた。

編集部でよかったと越路はつくづく思った。営業部で社長を眼の前にしていたら、息がつまってしまうにちがいない。二階は陽光も射すし、それになにより田村がいてくれる。田村の存在は、ともすれば暗くなりがちな気分を、明るく陽性にしてくれるような気がした。

編集室で田村は越路に若い男を紹介してくれた。

「これが新雑誌の編集長の中田誠二(せいじ)くんだよ。若いが海外ミステリについては造詣(ぞうけい)が深くてね。江戸川乱歩さんでさえ一目(いちもく)置くぐらいなんだ」

その男は入社の口頭試問に立ち会った男だった。色が白く眼鏡をかけていて、温和な顔立ちをしていた。

「越路玄一郎です」

江戸川乱歩さえ一目置くほどと聞いて、越路は自分とあまり年のちがわない中田に畏敬(いけい)の念を抱いた。

「この間もお話ししたとおり、ミステリはなにも知らないのです。よろしくお願い致します」

「まあ、作品のセレクトはぼくがやりますから、きみは進行をやってくれればいいんですよ」

と言って、中田はデスクのすぐそばにいた若い女性を手招きした。

「それもこの目白(めじろ)さんがほとんど心得ている。あとは現場の人に習うしかないんだが、その辺もこの女(ひと)が教えてくれますよ」

「目白です、よろしく」

と会釈(えしゃく)したその女性は、越路より二つ三つ若そうだった。とすると、短大出か高卒にちがいなかった。眼が大きく、髪がつややかな美人で、東京っ子らしくはきはきしていた。

「越路です」

越路はあわてて深々と頭を下げた。ここでは誰もが自分より能力豊かで、自分だけがよけいな人間のように思えた。社長の無駄飯食いという言葉が頭のどこかにこびりついていた。

「なにも心配しなくていいんですよ」

と目白は越路の心中を見透(みす)かしたように言ってくれた。

「あたしもそんなに詳しいわけじゃないけど、雑誌の活字やなんかのことは、印刷所の職長さんに聞けばいいんです。そういうことは誰もわからないんです、田村さんや中田さんだってそうです」

「おいおい、新入社員の前で、そうずけずけとわれわれの権威を失墜させるようなことを言っちゃ困るな」

　と田村が右手をふらふらと上下させた。

「しかし、まあ実際はそのとおりなんだがね。越路くん、ここにはきみを教えるゆとりのある人間はいない。その辺はファッツの言うとおりさ。きみが覚えなければ、現場の人間に教わるしかない。目白くんの言うとおり、印刷所へ行って、じかに職長に習った方が早いし有益だ。他の出版社なら、先輩が教えてくれるところを、うちはすぐに現場に出させる。現場で仕事を覚えさせるんだ。きみがそうやって職長からじかに雑誌の印刷工程を教われば、きみがこの社ではその道の第一人者になれる。そうすりゃ、ファッツに気兼ねすることもなくなるわけだ」

（なるほど、そういうことか）

　越路はようやく、いくらか明るさを見出せる気分になれた。

（ようし、じゃあ、一日も早く現場に出てみよう。それで印刷の基礎からみっちり頭にたたきこもう）

「その間に、少し原文にも馴れた方がいいかもしれない」

中田がデスクの上に、どさっと英文の雑誌を置いた。

「ここがきみのデスクだ。そして、これがアメリカ版の『エラリイ・クイーンズ・ミステリ・マガジン』。日本版と言っても、向うのものをそのまま載せるわけじゃない。今までに約十年分の本国版が溜っているから、その中からさらに優秀な短篇を、日本版には載せることになっている。そのセレクトをぼくがやるわけだが、きみは原文と翻訳を照らし合わせて、誤訳がないか、あるいは抜けている部分がないかチェックしてくれたまえ。そうやっているうちに、原文にも馴れてくるからね」

越路は呆然とその本国版のＥＱＭＭの山を眺めた。これらをすらすらと読みこなし、セレクトできる能力が中田にはあるらしい。そう思うと、英文科出身にもかかわらず、自分の語学力の無さが情けなく思われるのだった。

『エラリイ・クイーンズ・ミステリ・マガジン』略称『ＥＱＭＭ』はその名のとおり、エラリイ・クイーンの編集である。クイーンは実作家であると同時に、ミステリの書誌学者としても名高く、あらゆるミステリに関する文献を所有していた。そして、その中から著名な作家の作品でありながら、一度雑誌に掲載されたまま、その後世に出ていない短篇がかなりの数に上るのを発見し、それらをもう一度世に紹介しようと思い立った。こうしてでき上ったのが『ＥＱＭＭ』であり、いわばこれはクイーンのアンソロジイの月刊化と言ってもよかった。

一九四一年に創刊されてから、ミステリの高級誌としてファンに迎えられ、フランス版カナダ版を皮きりに、ポルトガル版オーストラリア版、スウェーデン版など各国に翻訳誌が誕生した。

この日本版を発行してはどうかと、早川書房にすすめたのが江戸川乱歩であったらしい。乱歩自身も実作家であると同時に、ミステリの書誌学者的な一面を持っており、本人はトリック中心の本格物を好みながら、そのジャンルにこだわらず、あらゆる種類のミステリに関心を示し、特に海外のミステリの紹介普及に熱意を持っていた。

それで早川書房が海外のミステリの翻訳に乗り出し、ポケット・ミステリをシリーズで出版しはじめたときには、監修の役をひき受け進んでバックアップした。

『ＥＱＭＭ』の日本版を世に出すことにも乱歩は熱心で、それを早川書房にすすめた結果、ようやくポケット・ミステリが軌道に乗ったこともあって、早川書房社長は創刊に踏み切った。

乱歩は自ら創刊号を監修し、特にカーター・ディクスンの『魔の森の家』を翻訳するほどの力の入れ方であった。それまで翻訳者の名は小さく載るだけであったが、原作者と並ぶ大きさで載るようになったのはこれがはじめてである。この慣例が定着し、翻訳者の名を世に知らしめると同時に、その質が向上するきっかけになった。

こうして乱歩と早川書房の縁が深くなったわけだが、乱歩は特に田村隆一が気に入っていたらしく、ときどきふらっとあらわれては、田村を呑みに誘い出した。

越路が乱歩に紹介してもらったのは、そういう機会であった。編集室にあらわれた乱歩は大入道（おおにゅうどう）という感じで、ちょっと怖（こわ）い感じがした。

もちろん、越路は少年探偵団以来の乱歩のファンであり、子供向けの作品ばかりでなく『パノラマ島奇談』や『陰獣』、『緑衣の鬼』といった大人向けの作品も愛読していた。

しかし、そういった作品から作者を想像すると、なにか陰湿で人間嫌いな印象を受けた。事実、そういう作品は屋根裏で書かれたとか、押し入れにこもって書いているといったエピソードも噂（うわさ）としてひろがっていた。

そんな先入観があるものだから、越路は乱歩を見たとき、実際以上に巨大に見え、またなんとなく大入道という印象を抱いたにちがいなかった。

だが、乱歩は気さくで、田村が目白を紹介すると、大きな手を出して、いきなりその肩を抱いた。

「うん、こりゃあ仲々いい娘（こ）だな」

そして、つづいて田村が越路を紹介すると、今度は越路の肩も抱いたので、彼はびっくりした。

「ははあ、この子も仲々いい」

自分など近寄れない巨大な作家と思っていたのに、いきなりそう言われて面喰うと同時に、その大作家にいきなり肩を抱かれたので越路はすっかり固くなってしまった。なにも言えず、ただ自分の肩に置かれた大きな手をまじまじとみつめるだけだった。その手の甲にもじゃもじゃとした毛が生えているのが妙に印象に残った。

乱歩は作品で想像していたのとは大ちがいで、明るく陽気で派手好きだった。そういうところは、田村と一脈相通ずるものがあり、だから、二人は気が合っているのかもしれなかった。

両者の大きなちがいは、乱歩が金に不自由しなかったのに対し、田村は常にふところが寂しいということだった。

従って、呑みに行くとなれば、乱歩の奢りに決っていた。乱歩は田村ばかりでなく、越路までついてくるように言った。

「ぼくは酒が呑めないんですが」

と越路はそっと田村に言った。

「お伴をしても、お邪魔になるばかりだと思います」

「きみももう編集者のはしくれだ」

と田村はニヤッとした。

「酒など呑めなくともかまわん。呑まずに呑んだふりをして、作家とつきあうんだ。これも修業のひとつだ。酒場は人間観察の絶好の場所だと思いたまえ」

なるほどと思って、越路は乱歩のお伴をすることにした。正確に言えば、乱歩のお伴は田村だから、お伴のお伴ということになる。つまりは金魚のフンみたいなものだった。しかし、金魚のフンは越路ばかりではなかった。乱歩は各社の編集者や若手の作家など二十人ほども連れて、まず料亭へくりこむのだった。

新橋や柳橋の料亭へそういう連中がなだれこみ、芸者を挙げてドンチャン騒ぎという形になる。芸者など見たこともない越路などは、ただ眼を丸くしているだけだった。芸人も何人か入ってきて、誰がどこの誰やらわからないほど座がにぎわっている。越路は末座にかしこまり、呑まずに呑んだふりをしていた。田村は大いにはしゃいで、よく呑みよく語っていた。興に乗れば、先代の桂文楽の真似(まね)をしてみせたりした。

(大したもんだな)

と越路は乱歩の姿をじっと見ていた。

(これだけの人数をひきつれて騒ぐだけの財力があるのか。作家というものは、よほど金が入るものらしい)

月給七千円の自分がこんな華やかな座敷にいることが、なにか夢のようだった。

ひとしきりすると、その座敷へ美人があらわれた。和服を着ているが、芸者とはちょっとちがった色香(いろか)をただよわせている。

その女性は乱歩の前へ進み出て、深々と頭を下げ、挨拶をしていた。

「あれが『お染』のママだぜ」

と田村が越路にささやいた。

「『お染』ってなんです?」

越路はその美人をじっと見やった。その女性は京都弁を使っていた。

「おまえさん、『お染』を知らないのか」

と田村は嘆(なげ)かわしげに言った。

「京都から銀座へ進出してきたクラブだよ。京都から飛行機で飛んでくるって週刊誌に書かれてあっただろう」

そう言えば、越路もその記事は読んだ覚えがあった。飛行機など、越路は乗ったこともなかった。その飛行機に乗って銀座へ進出してきたので、銀座のママたちが柳眉(りゅうび)を逆立(さかだ)てているという記事だった。

銀座地元の代表である『エスポワール』のママと『お染』のママとの対立ぶりは、のちに川口松太郎が『夜の蝶』で描いていっそう評判になった。

しかし、銀座のことなどなにひとつ知らない越路は、ただもう『お染』のママの美貌とその華やかさに度肝(どぎも)をぬかれるばかりだった。

そういう話題のママが挨拶に来るだけでも、乱歩は大したものなんだという思いを深くした。いつかは自分もそうなれるなどとは夢にも思わず、そうなりたいという考えすらなかった。自分とはあまりにもかけ離れた世界が眼の前にあるだけだった。

無駄飯食いの新入社員の自分と田村の距離は遠く、乱歩は田村よりはるかかなたに存在している。越路には、田村のようになることさえ夢のまた夢だった。

一同が立ち上ったので、越路もあわてて立ち上った。

「これから銀座へくり出すんだ」

田村がうれしそうに言った。

「『お染』のママが挨拶に来た以上、店へ行ってやらなきゃと乱歩さんは言っている」

「ぼくはどうすればいいんですか」

酒も呑んでいないのに、越路はなんだか酔ったような気分だった。華やかな雰囲気に圧倒され、頭がぼうっとしていた。

「きみもついてくるんだよ」

と田村はこともなげに言った。

「編集者は都合のいいときに、はいさよならとは言えない稼業なんだぜ。作家が行くといえばとことんついてゆく。作家と心中するぐらいのつもりがなくちゃいかん、だから、黙ってついて来い」

乱歩は何台ものタクシイを連ねて、銀座へくりこんだ。『お染』は満員の盛況だったが、乱歩たちのための席は用意されていた。ホステスがぐるりとその席を取り囲み、越路は眼がくらくらしてきた。一遍にこんな美人を見るのは、生れてはじめてで、どこへ視線を持っていっていいかわからなかった。

乱歩はもちろん、田村もこういう席には馴れている様子で、すっかり寛ぎ、しきりに水割りのグラスを空けている。

乱歩の酒量よりも、田村の酒量の方がはるかに優っているようだった。見ていると、まるで底なしのように、田村は呑みつづけていた。呑めば一層陽気になり、ユーモアのセンスにも磨きがかかってくる。しきりに酒席に笑いをふりまいていた。

（これが編集者なのか）

越路は眼を見張る思いだった。

（こんなに酒席を楽しくする才能は自分にはないな）

田村のすばらしいところは、そうやって酒席をにぎわわせながらも下品にならないことだった。奢ってもらっていても卑屈にはなっていない。自ら楽しめば他も楽しむといった風情だった。

『お染』を出て、さらに三軒ばかり梯子をするうちに、さすがの大人数も一人消え二人消え、終いには田村と越路だけになってしまった。

「もう帰るよ」

さすがに乱歩もくたびれた様子だった。

「呑みすぎたようだ」

「もう一軒行きましょう」

と田村が乱歩の袖をひっぱった。

「これぐらいなんです」

乱歩は田村の手をふり切ると、あわてて通りすがりのタクシイに乗った。タクシイが走り出すのをめがけて田村が怒鳴った。

「乱歩、待てェ！」

三ヵ月もするうちに、越路玄一郎は雑誌の仕事に馴れてきた。印刷工程については工場へ行って、職長からじかに習った。活字の拾いから組み方、ポイント数、平台の印刷機についいて、小柄で中年の職長はいちいち親切に教えてくれた。なにもわからないので、初歩から教えて下さいと越路が頭を下げたのに気を好くした様子だった。大学出の出版社員に教えるというのが、たたき上げの職長には初めての経験らしく、何回同じことを訊き返しても、機嫌よく応じてくれた。

こうして、越路は雑誌が印刷される工程をほぼ理解し、進行表をつくって校了にしてゆく過程も呑みこんだ。こういうプロセスについて社内で詳しい者はあまりいない様子だった。社長の義弟である専務がそっちのベテランで、編集部も彼におんぶしている傾向があった。

目白が言ったとおり、たちまちのうちに、印刷工程については越路が編集部内では一番詳しいということになった。

こうして少しばかり、仕事に自信もついたし、いくらか役に立てそうだという自覚も芽生えてきたのだが、越路の悩みの種は出社時刻だった。

午前九時半という出社時刻は一般的に言えば早い方ではない。むしろ遅い方であろうが、大学時代にそんな早起きをしたことのない越路には苦痛だった。前の事務所では十時過ぎに出社しても、まだ誰も来ていなかったから、そういうずぼらな癖がついてしまっていた。

越路は横浜の実家から通っているので、神田までは一時間半ほどかかることになる。実家を朝八時に出れば間に合う勘定だが、それがどうもうまくいかなかった。

どういうわけか途中で必らず便意をもよおすのである。そうなると、途中下車して、トイレへ走りこまねばならない。一種の神経性の下痢だろうが、家でトイレへ行ってきたにもかかわらず、腹痛に襲われた。

蒼い顔をして電車から飛び出し、駅のトイレへ走り込むのが毎日だった。駅のトイレが満員のときには、駅の近くの喫茶店などへ走りこむ。時には、まだ営業前だからと断わられたのに拝むようにしてトイレだけ借りるということもあった。

ある日、駅のトイレへ入り、立ち上ったときに給料明細書がトイレの中へ落ちた。それは流したあとの便器の水の上に浮いている。月給七千円の明細書である。越路はあわててもう一度水を流そうとしたが、もう水は出てこなかった。当時の駅のトイレは水の出が悪かった。越路は困惑しながら明細書をじっとみつめた。

（次に入ってきた人が、これを見るだろうな）

と思った。

（ずい分安い給料で働いているやつがいると思うだろうな）

そう考えると、なんだかひどくうらぶれた気分になった。トイレの中であくせくしてい

る自分が今を象徴しているように思えた。明細書をつまみ上げたいのだが、それは汚くて

できなかった。結局、見知らぬ他人がそれを見たってどうということはないやと思うこと

にしてトイレを出たが、なにか心に傷を負ったような気分になった。

そして社へ出社してみると、必らず十五分ばかり遅れている。ガラス戸を開け、社内へ

入るとすぐに社長の機嫌のわるい顔が眼に入った。

「なんだ、また遅刻か」

といかにも苦々（にがにが）しげにつぶやくのを聞きながら、社長の前にある出勤簿に判をつくのは

なかなか辛（つら）いものがあった。

「どうもすみません」

恐縮しながら、そう詫（わび）るのだが、越路の場合、一向に恐縮しているように見えないらし

かった。どうも太々（ふてぶて）しい態度に見えるらしい。それで社長もそれ以上文句を言っても仕方

がないとあきらめる気配があった。

ある日、例によって越路が遅刻して社へ出てみると、社長に怒鳴られている男がいた。

越路と同期に校正部員として入社した石倉という大人しく真面目な男である。

越路はどうして怒鳴られているのだろうと思いつつ、ふと石倉の顔を見やった。石倉は眼にうっすらと涙を浮かべているように見えた。

越路が出勤簿に判を押そうとすると、社長が彼の顔を見て、不機嫌そうに言った。

「きみもか」

それで、石倉が遅刻してきたことで怒鳴られていたのだとわかった。

「どうも申し訳ありません」

と越路が頭を下げると、社長はぷいと顔を横に向けた。

「もういいよ」

二人はすごすごと階段を登り、二階の編集室へ入った。越路は石倉のことを気の毒だと思った。彼はたまにしか遅刻しないのに、遅刻したときはこっぴどく怒鳴られる。越路の方はもう馴れっ子になってしまって、遅刻したことについてとやかく言われても気にしないようになっていた。

二人とも残業はしていて、その残業代はもらっていないのだから、多少遅刻したって穴埋めはしていると越路は思っているのだが、石倉の方はそう図々しく考えられない性格らしかった。

田村隆一が見ぬいたように、越路には図太くて打たれ強いところがあるのかもしれなかった。

その田村隆一は一度も遅刻したことがなかった。朝九時半前にきちんと出社している。これは部下にとって迷惑なことだった。部長が遅刻してくれれば、いくらか言い訳にもなるが、部長が来ているのに新入社員が遅刻しているのでは社長の風当りはますますきびしくなるばかりである。

もっとも、田村が遅刻しないのは精勤だからというわけではなかった。明け方まで酒を呑み、その酔いの醒め切らぬうちに出社してくる癖がついているらしく、まだ朝のうちは酒気が残っていた。そばへ寄るとぷうんと酒くさい匂いがした。

彼はその時代にしても珍らしく、着流しで出社してくることがあった。着流しというと粋なようだが、たいていは垢じみてよれよれになった袷か浴衣姿であった。その姿で酒気をただよわせつつ編集室へ入ってくると、すぐに奥にある三畳間にぐったりと横たわる。

その三畳間には、田村が枕に使う部厚い辞典が置いてあった。それには田村の頭髪の脂が染みついている。辞典を枕にごろりとひっくりかえると、もうほとんど動かない。入社時に見たシェパードのような面影はどこにもなかった。毛の抜けた老犬が日向ぼっこをしているような情けない姿であった。

こうして再び酒の気にありつける夕刻まで、ほとんどじっと横たわっているだけなのだが、時にがばっと立ち上って編集室へ姿をあらわすことがあった。

そして横たわっているうちに頭にひらめいた企画を部員に話すのである。たしかに、それらの企画はユニークで面白いものばかりだったが、本人自体が具体的な働きはせず、すべてのフォロウは部員がしなければならないのは目に見えているので、あまり部員には歓迎されなかった。

その他にも、田村が編集室にひっそりと姿をあらわすことがあった。越路が仕事をしていて、つい向いのデスクを見やると田村の姿がありびっくりすることがある。田村はもっともらしく原書に眼を通したり、校正を見たりしている。

おかしいなと思って、ふと後ろを見やると、そこに社長が必らず立っていた。社長は時に仕事ぶりを視察しに二階へやってくるのだが、巨漢にもかかわらず、足音を立てない。もう古びていて、ふつうの人間でもみしみし音のする階段なのだが、社長は物音ひとつさせず二階へ登ってくる。

その気配をいちはやく察して、三畳から編集室へ出てくるのも田村の特技であった。そのタイミングの良さは至芸(しげい)を見る思いであった。階段をきしませずに登ってくる社長の至芸と、それをいちはやく察する田村の至芸は、まさに阿吽(あうん)の呼吸とも言うべきものだった。馴れてくると、越路たちは田村がデスクに向っていれば、社長が後ろに立っていると察するようになった。

そういう田村だから、決して、むやみに仕事をしろというようなことを部下に命じたりはしない。むしろ、晴れた日にみんなが仕事に熱中していると、ふらっと三畳間から姿をあらわし、こう声をかけることがある。

「こんないい天気に、仕事ばかりしていると神様のバチが当るぜェ」

そしてウーンと伸びをしてみせる。

「みんなも背を伸ばせ、オテントさまの方を見ろ」

それは暗くなるな、なんとかなるさと励ましているように聞えた。仕事はきつく、月給は安い。だが、それでもわれわれの上にはオテントさまが輝いている。


田村は誰かから呑みに行く誘いがないと、必らず越路を誘った。まるっきり酒が呑めない越路を連れてゆくのは不思議な感じがするが、どうも酒が呑めなくても、気が合う相手の方が田村には都合がいいらしかった。要するに、酒の肴（さかな）になる相手ということである。最初から、越路は面喰わせられた。

酒場に着き、カウンターを前にすると、田村は水割りを頼んだ。越路はジュースである。それからやおら着流しのふところから原書を一冊取り出した。そして、それをずいと越路の眼の前に差し出した。

「これはロアルド・ダールの短篇集だが、非常に面白い。乱歩さんの言う、いわゆる奇妙な味の作品でね、切れ味がいいしオチにも凄みがある」

「ははあ」

越路はその原書をみつめるだけだった。どうして、いきなり酒場で、そんなものを田村が持ち出したのか意図を計りかねている。

「本当に傑作なんだ」

田村はさらにぐいとそのハードカバーを越路の眼の前にかざした。『Someone like you』というタイトルの文字が読めた。『あなたに似た人』というのは面白そうなタイトルだなと越路は思った。

「中でも、この作品が凄い」

カウンターの上に原書を置くと、田村は頁(ページ)をめくった。

「これだ。この『南から来た男』という作品だ。こんな小説が書けるやつは日本にはおらんぞ」

「ははあ」

越路はうなずいたが、なぜ、田村がそんなに興奮しているのかわからなかった。

「ははあじゃない」

田村は運ばれてきた水割りをごくっと呑んだ。

「きみはミステリ翻訳(ほんやく)誌の編集者だ。これぐらいの作品は読んでいなくてはならない。アメリカやイギリスには凄い作家がいる。特に、このダールは良い。きみもこれから編集者になり、さらには自分でも物を書いてみようと思っているのならば、ダールぐらいは読んでおかなくてはならん。読みたまえ」

「読みます」

と越路はうなずいたが、田村がなにを言わんとしているのかはわからなかった。ミステリには詳しくなかったが、日本の小説に関しては多読しているという自信があった。英米仏の小説に関してはめぼしいものは読んでいると思っていた。だから、そんな凄い作家を自分が知らないはずはないと思っていた。

ロアルド・ダールという名ははじめて聞く名前だった。多分、イギリスでは有名なのだろうが、日本ではほとんど知られていない。翻訳が出ていないせいだった。

「じゃあ、読みたまえ」

と長い指で、田村がその頁をたたいた。

「今、ここでだ」

「ここで、ですか？」

越路はびっくりした。こんな酒場で原書を読んだって頭に入るまいと思った。だいたい、辞書なしで原書が読めるほどの力は自分にない。

「いいから、読みたまえ」

田村は大きくうなずいた。

「原書というものは沢山(たくさん)読めばいいんだ。読書百回、意自(おのずか)ら通ずだ。それにダールという作家はむずかしい言葉を使わない。きわめて平明な文章を書こうとしている。シンプルなんだ。しかし、底に流れているものはなかなかに意地がわるい。人生と人間に対するアイロニイに充ちておる。だから面白いんだな。さあ、読みたまえ」

仕方なく、越路はその作品を読みはじめた。たしかに、そんなにむずかしそうな文章ではなかった。

しばらく黙読していると、はたから田村が口を出した。

「黙読していてはわからん。声に出して読むんだ」

「えっ？」

越路は思わずまわりを見まわした。そんなに混んでいるというわけではないが、酒場には当然客がいる。

「こんな中で音読するんですか？　人が見ますぜ」

「まわりのことなんか気にするな」

田村は水割りをぐびりとやった。

「そんなことでどうする。他の視線を気にすることなく作品に没頭するのが編集者の務めだ。かまわん、音読したまえ」

「そうですか」

越路は泣きそうになってしまった。まわりを気にするなと言っても、若い彼には見栄というものがある。いきなり原書を朗読しはじめたら、酒場の客たちは越路を精神異常者とみなすかもしれない。

少くとも、原書なんて酒場で読みやがってキザなやつだと思うにちがいない。越路は英文を出たもののリーディングにそれほど自信があるわけではない。読みちがいをすることも大いにあり得た。

しかし、編集部長が読めというからには逆らうわけにはいかない。

「読みます」

肚に力を入れて、越路は朗読しはじめた。こんなことは大学の教室以来のことである。はじめは無我夢中だった。しかし、そのうちに少しずつ原書の文意が読み取れてきた。なるほど、田村の言ったとおり、センテンスはシンプルでむずかしい単語もあまり使われていない。

越路が読んでいると、水割りのグラスを傾けつつ、田村が上機嫌で合の手を入れる。

「ベリイ・グッド！」

その声がとてつもなく大きいので、酒場中の客がびっくりしてこっちを見る。

越路はますます身がちぢむような思いを味わったが、そのうちに馴れてくると同時に、ダールの作品の世界へと魅きこまれていった。シンプルでわかりやすい語り口で奇妙な世界が見事に描かれている。

主人公の私がプールサイドで、アメリカ海軍の士官候補生と隣り合わせのデッキチェアに坐ることになる。そこには奇妙な老人もいた。そして、妙な賭を持ちかける。老人がたまたま士官候補生に煙草の火を借りたのだが、候補生がライターで火を点けてやると、そのライターは良さそうだなと言う。良いライターだよと士官候補生が答えると、だったら、十回火を点けてみて、ちゃんと点火するかどうか賭をしようと老人は持ちかける。ちゃんと火が点いたらキャデラックを進呈しようと言うのだ。

じゃあ、そのかわりに、点かなかったら自分はどうすればいいのかと士官候補生が訊くと、老人は笑って答える。

「なあに、大したものは要らない。あなたの指をくれればいい」

主人公と士官候補生はバカバカしいと思いながらも、老人の妙に説得力のある異様な雰囲気に釣りこまれ、老人の部屋へ行く。すると、ちゃんと指を切る道具がそろっている。こうして、士官候補生は指をちょん切られる仕かけに左指を突っこみつつ、右手でライターを点ける羽目になる。

一回、二回、三回とライターを点ける描写あたりになると、越路はぞくぞくしてきた。今みたいに百円ライターがない時代で、ライターそのものが高級品であり、しかも、点きがわるかった時代である。

　結局、士官候補生は八回ライターに点火することに成功し、あわやキャデラックを手にするところだったのだが、そのあとに思わぬどんでん返しがある。奇妙で凄味のあるどんでん返しで、最後の一行が背筋を凍りつかせる。

　読み終ると、越路は呆然としていた。

　もう朗読したことへの恥かしさなど忘れていた。世の中にはこんな凄い小説があるんだという思いに打ちのめされていた。イギリスにはこんな小説を書く男がいる。とんでもない才能だなと思った。

　その越路の顔色を見て、田村がニヤッと笑った。

「どうだ、凄いだろう」

「凄いですね」

　越路は大きくうなずいた。下戸のくせに、いいワインを味わった後のような酔い心地が身体中をしびれさせていた。

「ダールというのは恐ろしい作家ですね」

「そうだろう」

　田村は水割りを呑み干した。越路が音読している間に、合の手を入れながら、しきりにグラスを重ねていて、もう四、五杯になるはずだった。

「それをきみは自分の手で訳してみたいとは思わないか」

お代りを頼みながら、田村はさりげなく言った。

「きみだって英文出だろう。翻訳に挑戦しなきゃな」

「いやあ、ぼくにはむりですよ」

越路はあわてて首をふった。ダールの文章に圧倒されたあとで、それをうまく訳せる自信などあるわけはなかった。

だが、ダールの作品に魅せられたのは事実で、これを日本文に訳したらどうなるのかという興味はあった。

「大丈夫さ」

と田村は越路をみつめた。

「きみにはこの作品がわかっている。だったら、訳せるはずだ」

そう言って、ぽんと原書をたたいた。

「実は、これはおれが翻訳することになっている。その下訳をきみがやってみないか。なあに、下訳はどうでも、あとはおれがちゃんと直してやる」

「そうですか」

と越路は思わず言ってしまった。

「だったら、及ばずながら手がけてみます」

あとでわかったことだが、早川書房はある程度、社員のアルバイトを公認していた。給料が安いのだから、アルバイトもやむを得ないと社長は思っているのかもしれなかった。

ふつう、翻訳料は印税で支払われるものである。早川書房の場合、それが七パーセントか八パーセントであった。しかし、当時は翻訳だけで食ってゆくのは苦しく、どうしても本が出版され正規に印税が支払われるまで待てない翻訳家がいた。

そういう場合、買い取り制度が適用される。つまり、印税ではなくて、一枚百五十円で早川書房が買い取るのである。当然、印税より安くなり、また再版になった場合には翻訳家にその分の印税は入らなくなるが、生活に追われている翻訳家たちはそれでもいいから、原稿引き換えで稿料をもらいたがった。

その買い取り制度が社員にも適用されていて、しかし社員だから一枚百円であった。田村隆一は生活費というよりも、呑み代稼ぎにもっぱらこの買い取り制度を活用していたらしい。ダールに惚れこんでいたのも事実だし、これを自分の翻訳によって日本の読者に読ませたいと思っていたのも事実だろうが、同時に、呑み代のために稼がねばならない事情もあった。

「きみが下訳をやってくれたら」

と田村は越路に言った。

「百円のうちの半分を上げるよ」

越路は田村から原書をあずかって、その日からダールの短篇を訳しはじめた。英文科を出たものの自信がなく、自分が翻訳にたずさわるとは思いもよらなかったが、実際にやってみると苦しくもあったが、楽しい気分も味わえた。

一行訳すのにずいぶん時間がかかった。ダールの文章は読みやすいが、その底にある意地の悪さや皮肉っぽさを日本語で表現するとなると慎重に言葉を選ばざるを得なかった。しかし、それをうまく表現できると歓びが湧いてきた。

ダールに手を取って表現力を教えてもらっているような心地がした。仕事が終って家へ帰ってから、あるいは、休日を利用して、越路はせっせとダールを翻訳した。『あなたに似た人』の全部ではなくて、その半分くらいの量だった。

さすがの田村も、ど素人の越路に全部任せきりにするのは危いと思ったのかもしれなかった。

そうやって下訳したものを、田村は読み下し、満足そうにうなずいた。

「うむ、仲々よくできておる。初回にしては上出来だよ。きみは下訳者の才能がある」

それで原文と見較べながら、下訳にちょいちょいと朱を入れた。そのちょいちょいで、下訳が見ちがえるほど原文に近くなるのに、越路はびっくりした。

やはり詩人の語感というものは大したものだと思った。田村が筆を入れると、ダールが生き生きとよみがえるのがわかった。

たとえば、越路が何気なく『眼の隅から見やった』と訳したところを、田村は『眼のコーナーから』と直すのである。原文はもちろんコーナーなのだが、日本語の常識として、越路は眼の隅と訳してしまう。しかし、眼のコーナーという言葉を使うと、今まで使われたことのない日本語という感じで、しかも、ダールの底意地の悪さが生きてくる。新鮮でユーモラスで、手垢にまみれていない表現がそこにあらわれるのだった。越路は舌を巻かざるを得なかった。

「大したもんですねえ」

とうなった。

「田村さんは天才だ」

「いや、そんな大げさなもんじゃないさ」

田村は照れくさそうにちろっと舌を出してみせた。

「こんなものはきみ、馴れだよ、馴れ。今にきみにもコツがわかるさ。とにかくよくやった。お祝いに呑みに行こうじゃないか」

というわけで、越路は田村のお伴をして何軒か梯子酒をすることになる。それはいいのだが、越路は横浜へ帰らねばならないのに終電に間に合わなくなってしまう。もちろん、タクシイで帰るほどのゆとりがあるはずはない。

「心配するな」

と田村は鷹揚に言う。

「おれの家へ泊めてやる。自分の家へ帰るより、おれの家から社へ出た方が近い。まあゆっくり飲ろうじゃないか」

ゆっくり飲ろうと言ったたって、呑むのは田村独りで、越路の方はジュースかコブ茶の類いばかりで腹の中がガブガブになっている。

ただ田村の話は面白く、また酒場で語り合う田村の酒友たちもそれぞれユニークで、越路は新しい世界を覗き見する興味があった。

時に田村が発する人生訓のようなものも、仲々に味わいがあった。

「ご馳走するというのはむずかしいものなんだぞ」

とふいに言ったりする。

「ご馳走してやるなんて考えるのは、とんでもない話なんだ。どだい、相手はそれぐらいのことは自前でやろうと思えばできる。しかし、時間を割いてこっちの都合に合わせてくれているんだ。そう考えれば、つきあってくれた相手に感謝しなければならん。ご馳走してやったなんて恩被せがましく考えるのは最低だ。特に編集者はそういう心がまえを持たなくてはならん」

こういう貴重なことを教えてくれるのはありがたいのだが、田村の梯子酒には越路も音を上げざるを得なかった。それも行く先々の酒場で田村は借金を重ねているらしく、あまり良い顔をしないところもある。田村は酔っていてわからないかもしれないが、素面の越路はその辺の雰囲気が身に沁みるほどにわかって居ても立ってもいられない気分になることがあった。

「今度は大丈夫」

と田村は言う。

「最後に大塚へ行ってわっとやろう。大塚の三業地には若い芸者もいるから、きみのために若いのを呼んでやろう」

田村の話によれば、彼の祖父が大塚の三業地を隆盛にしたのだそうで、大塚は彼の縄張り内なのだそうだ。田村自身が大塚に住んでいるところをみると、そうかもしれないなと越路は思った。それよりなにより、彼はもう寝たかった。すでに午前一時を過ぎているのである。

田村の家に泊らせてもらえるのなら、大塚へ行けば自分の寝床が近くなるということになる。若い芸者なんかどうでもよかった。彼はひたすら寝床が恋しかった。

大塚へ行き、料亭の戸を田村は思いきりどんどんとたたいた。料亭はすでに灯を消している。そんなことをして大丈夫かと越路は気が気でなかった。

やがて、格子戸が開き、おかみらしい女性が出てきたが、田村の顔を見るなり眼が吊り上った。二人はひきずられるようにして中へ入れられたが酒どころか水一杯出なかった。

おかみは田村を眼の前にひきすえ、延々とお説教をはじめた。おおよそのところは、こんなに勘定を溜めて、どういう了見だとなじっているのだった。

田村は上体をゆらゆらさせながら、半眼でその説教を聞いている。ときどき、いや申し訳ないとか、そういうつもりではないとかつぶやいてみせるが、酔っ払っているから、とても本気には聞えない。火に油を注ぐようなもので、ますますおかみはいきり立った。

そばで聞いている越路は気が遠くなる思いだった。ねむいし脚はしびれてくる。第一、自分はどういう顔をしていればいいかわからない。

おかみは越路が共犯者であるかのように、しょっちゅうにらみつける。越路はつくづく情けなくなった。

二時間ほどもお説教をされて、ようやく解放されると、田村がつぶやいた。

「あれじゃあ、酔いも醒めちまうなあ。どうだ、もう一軒当ってみようか」

「やめて下さい」

越路は田村の袖をにぎった。

「どこへ行ったって同じことです。もう三時なんですぜ。お願いだから帰りましょうよ。ぼくを寝かして下さい」

「しかし、下らんおかみの説教を聞かされて、きみもうんざりだろう。今度こそ、若い芸者を挙げてわっと……」

「若い芸者はいいです」

と越路は田村をひっぱった。

「もうそんな元気はありません。ぼくはねむいんです」

「そうか」

田村は物足りなそうにうなずいた。

「じゃあ、家へ帰ろう」

田村の家で泊めてもらい、朝食にありつくとやっと人心地(ひとごこち)がついた。しかし、その朝食を用意してくれたのは、田村の母親らしかった。

「奥さんはどうしたんです？」

と越路はそっと訊(き)いてみた。

「別れたよ」

と田村はあっさりと言った。

「いい女だったんだがなあ。どうもおれに愛想を尽かしたらしい。言っただろう？　早川書房に入ったからには食えると思うなって。結婚なんか思いもよらない。結婚していたやつは別れることになっているって。おれがその口なんだよ」

編集部長の田村とは、こういういきさつでずい分親しくなったが、直接の上司である中田編集長とは気心の知れた間柄というわけにはいかなかった。

中田は温厚で人当りもやわらかだが、今風に言うと、ミステリおたくっぽい雰囲気があり、ミステリについては百科事典みたいな知識を具えているが、人生一般の知識についてはそれほど自信あり気に見えなかった。

それもむりからぬところで、まだ越路と同じ程度の二十三か四ぐらいの年齢なのである。自分から親しく打ち明け話などしない性格だから、どこの大学出なのか、あるいは独学なのかはわからなかったが、語学力は相当なもので、ミステリに関する英文の原書を数限りなく読みこなしていた。

そこに乱歩に眼をつけられ、EQMM日本版の編集長に推薦されたのだろうが、それにしては月給が安すぎると中田は思っているようだった。それに、自分の思うように原書を買ってくれない。これではとても良いミステリのセレクションなどできるはずがないとぼやいていた。

彼はEQMMの短篇のセレクションばかりでなく、ポケット・ミステリのセレクションも手伝っていた。編集部員の数が少いから、セクションにこだわらず、手のすいた時には他の部署の仕事を手伝うというのが不文律になっていた。

中田は自分ばかりではなく、きみらの月給も安いから、社長にかけ合ってやろうと言っていたが、気弱で温厚な彼にそんな交渉ができるとは思えなかった。彼は内向的な性格で外向的な性格ではないと越路は思っていた。

それに、越路自身は入社したばかりで、まだ見習いに過ぎないのだから、月給が上るなどということは夢にも考えられなかった。ただし、創刊がせまるにつれて、残業が重なり、終電ぎりぎりに帰宅することが多くなっていたので、せめて少し残業代が出ればなあと思っていた。

EQMMの日本語版は丸綴で、紙質も良く、表紙はアブストラクトの絵を使い、挿絵ではなくカットをあしらい、いかにもミステリの高級翻訳誌らしい雰囲気を出していた。

レイアウトについては、越路が担当なのだが、そんなことはさっぱりわからないので、社長の友人である東尾という中年の人が教えてくれた。この人物も仲々の酒豪で、越路が下戸だと知ると、とても自分の後輩とは思えないとお冠りだった。

早稲田を出たからには、それも文科出であるからには、酒ぐらい呑めないでどうするという持論らしいが、口やかましいところはあっても根は親切で、越路を横に置き、自分はちびちびと冷酒を含みつつ、次々とレイアウトをやってのけた。

厄介なのは、越路が他の仕事をやっていると機嫌がわるいことだった。すぐ横にいて、じっと自分の仕事ぶりを集中して見習っていないと叱言が飛んできた。

おかげで、越路も次第にレイアウトの仕方を覚えてきた。印刷工程から進行、レイアウトまで覚えると、ようやく一人前の編集者になれたような気分だった。

しかし、創刊号が出る寸前になって、中田が社へ姿を見せなくなった。風邪でもひいたのだろうと思っていたが、一週間も姿を見ないと越路も不安になった。

「中田さんは病気ですか」

と彼は田村にそっと訊いてみた。

「実は、チェックしてもらいたいことがあるんですが」

「中田くんはもう社へ出てこないかもしれんなあ」

と田村は顎を撫でた。

「社長とどうやらもめたらしい」

「えっ?」

越路は仰天した。

「つまり、社を辞めたってことですか?」

「そこのところが、まだはっきりしないのだが、どうもそういうことになるようだ」

田村は声を低めた。

「きみも知っているとおり、中田くんもはっきり言うタイプではない。不満をはっきりぶつけるのなら社長も対応のしようがあるのだが、なにかぶつぶつ言っているだけで、条件がわからない。それで、社長の方も業を煮やしているようだ」

「でも、中田さんがいないと困るな」

越路は途方に暮れた。

「もうすぐ創刊号が出るというのに、編集長がいないんじゃ、眼の先真暗ですぜ」

「おれの観測では、中田くんは社へ出てこないと思うな」

そう言って、田村は越路の顔を覗きこんだ。

「その場合は、きみがすべてを取りしきるしかあるまいよ」

「そんなバカな」

越路は首をふった。

「ぼくは入社して、まだ三ヵ月ですよ。編集長の代役が務まるわけがない」

「なにも、編集長をやれと言っているわけではないさ」

田村はニヤッとした。

「しかし、創刊号の作品は揃っている。そうだろう？」

「ええ、まあ」

たしかに、中田のセレクションによって、創刊号の作品は揃い、翻訳も上っていた。及ばずながら、越路が原文と翻訳のチェックもすませてある。

あとは印刷にまわせばいいだけになっていた。だから、創刊号に関しては発行できることはできる。

「しかし、創刊号は出たものの、あとは廃刊ということになるかもしれませんよ」

「おいおい」

田村は大げさに手をふった。

「そんな悲しいことを言ってくれるなよ。だいたい、翻訳依頼した作品はどれぐらいあるんだい？」

「ま、三号分ぐらいですかね」

と越路は答えた。

「だから、点数のことだけ考えれば三号までは出すことは可能でしょう。しかし、そのあとのことはぼくには全く見当がつきません」

「三号雑誌か」

田村は溜息を吐いた。同人誌などで、三号まではなんとか出るが、あとは廃刊になるケースが多いのである。

「ま、いい。きみは三号分まで考えてくれ。あとのことはおれに任せろ。なあに、なんとかなるさ。大舟に乗った気で安心していろ」

そんなことを言われたって、安心する気にはなれなかった。田村の大舟はあまり当てにならない。

しかし、愚痴をこぼしているひまはなかった。印刷に入れた校正が次々と上ってくる。

越路は目白とともに印刷所につめっきりになる日が多くなった。

時に、田村が応援と称して、ぶらっと姿をあらわすのだが、仕事の役には立たなかった。印刷所の社長とビールでも飲んでいるか、あとは出張校正室に当てられている、六畳間にごろりと横たわっているばかりである。

こうして、校了間際になったとき、営業部からクレームが入った。作品が面白くないから一部差し更えろというのである。

越路はカッとなった。

今から作品を差し更えろといっても、越路には自分の眼利きに自信がない。それに締切りぎりぎりにそんなことを言われては、校了日が大はばに遅れてしまう。

「なぜ、作品を差し更えなきゃいけないのか、納得できませんね」

と校正室にあらわれた田村に嚙みついた。

「ぼくには、どの作品をはずせばいいのかわかりません。営業がそう言うのなら、わかっているのでしょう。彼らに任せるから、どの作品を外すか指定してもらって下さい」

「そういきり立つな」

田村はゆらゆらと首をふった。

「目先のことでそうカリカリしていては、大成できんぞ。なあに、営業のやつらだって、どの作品がいいかなんてわかってやしない。ふつうの小説雑誌ではなく、これは新しいスタイルの翻訳誌だから、彼らも戸まどっているのさ。だが、営業にやる気を失わせると、雑誌の売れ行きにも影響する。ここは連中の顔を立ててやるんだな。一本だけ差し更えてやれよ」

「そう簡単に言いますがね、ぼくはこのセレクションで良いと思っていますよ。中田さんが辞めたんで、イヤがらせをしているんじゃないですかね」

越路は憤然とした。

「作品のどれが気に入らないか、はっきり規準を示してくれなければ、差し更えても、また無駄骨になる恐れがある」

「そうはならないように、おれから話をしておくさ」

田村はぽんと越路の肩をたたいた。

「作品の吟味について、きみはなかなかセンスが良いと、おれは見込んでいるんだ。だから、翻訳された作品の中で、これときみが判断したものを採用することにしよう。そして、今のラインアップの中で、きみが気に入らないと思った作品と差し更える。そのことについては、営業にも文句は言わせない。それでどうだ？」

「そんなことを言われてもなあ」

越路は溜息を吐いた。

「田村さんがそこまで言うのなら、できるだけのことはやってみますが、あまり責任は持てませんよ。ぼくは編集長じゃないんですからね。その編集長ですが、いつ入ってくれるんですか？」

「うむ」

田村はうなった。

「目下、交渉中だ。目をつけた男をしゃにむに口説いている最中だよ」

ＥＱＭＭの日本版創刊号は作品を一本差し更えて、なんとか発売にこぎつけた。新感覚の翻訳誌ということで評判になり、売れ行きも良かった。

江戸川乱歩が自ら翻訳をしていることも話題になったし、上質紙にカットをあしらったレイアウトもいかにも高級ミステリ誌という印象を与えたらしかった。

越路はその創刊号をためつ眇めつした。いろんな苦労の末に生れてきたわが子という感じだった。ようやく、彼にも編集者の歓びというものが実感として伝わってきた。

ちょうどその頃、新編集長があらわれた。小柄で顔が長く、度の強そうな眼鏡をかけていた。その男と越路は全く初対面というわけではなかった。よく編集部へ顔を見せては、中田と海外のミステリについて語り合っていた。中田の仲間であり、中田と同じくらい海外ミステリに詳しいんだろうなと越路は思っていた。

「都筑道夫です」

とその男は名乗り、こうつけ加えた。

「ツヅキのツキは下に木のついていない方の筑です」

とはいうものの、それは本名ではなく、ペンネームということだった。自分のペンネームについてこだわるとすれば、いろんな面でこだわりの多い人なのかなと越路は思った。

取りあえず、越路は都筑に現在の状況を説明した。三号分までの原稿はあるが、あとの分はなく、しかし、三号分のストックというのはまたたく間に使い尽くしてしまうから、早くセレクションにかかってほしいと言った。雑誌の進行その他は自分がなんとかやれると思うので、編集長の仕事は主に作品の選択にあるとも言った。

「三号分しかないのか」

と都筑はやや途方に暮れた感じで言った。

「ぼくはもう少し中田くんが選んであると思ったんだがなあ。それに、ぼくと中田くんでは作品の好みもちがうから、今までのストック分も再検討する必要がある」

「それはいいんですが、時間がありませんよ。もう次の号は印刷にまわさなければならないんですから」

と越路は言った。

「一度あったんですが、校了ぎりぎりに差し更えなんてことはご免をこうむりたい」

「そんなことを言ったって、ぼくも急に頼まれたんだからね」

と都筑は眼をしばたたいた。

「雑誌については、ぼくもあまりよく知らないんだよ」

「田村さんはなんと言って、あなたに頼んだんですか？」

と越路は訊いてみた。

「なんでもいいからウンと言えというのさ」

と都筑は苦笑した。

「それでむりやりここへ引っぱられてきちまったんだ」

「なるほど」

越路は思わず笑ってしまった。いかにも田村らしい頼み方だと思った。ひっぱっておいて、地獄へようこそというわけだ。

都筑はその日から作品のセレクトにかかった。彼は独学で英語を勉強したということだが、その読解力には非凡なものがあった。

翻訳の他にも、すでに時代小説などを書いており、兄が落語家ということもあって、江戸風俗の知識も豊富だった。

ただ、最大の難点は仕事が丁寧(ていねい)すぎて遅いということだった。EQMMには、各作品について、エラリイ・クイーンが解説をつけている。その解説文がなんとも難解きわまる代物(しろもの)だった。

その難解な解説を翻訳するのが凝(こ)り性(しょう)の都筑とあっては、原稿の上りが遅くなることおなる。

すでに他の原稿は校了になっているのに、都筑の原稿だけ上ってこないということになる。

びただしい。

「早く上げて下さいよ」

と進行係りの越路としてはいらいらする。

「他の原稿はみんな入っているのに、編集長のあなたの分だけ遅れているというのは問題ですぜ」

「そんなことを言うがね、きみにはクイーンのむずかしさがわからないんだ」

都筑もむっとして、その英文を越路の眼の前につきつけた。

「翻訳できるんなら、きみがやったらいいだろう」

越路はその原文に眼を通してみたが、難解な単語が並んでいる上に、構文もむずかしくひねくってあった。

「これはむりですね」

と越路は首をふった。

「ぼくにはさっぱりわからん」

「だって、きみは早稲田の英文出身だろうが」

都筑は越路の顔を覗(のぞ)きこんだ。

「これぐらいすらすら訳せるんじゃないのかい」

「とんでもない」

　越路はニヤッとした。

「早稲田では英語なんて教えてくれなかったですよ。それにぼくはサボってばかりいましたからね。超低空でようやく卒業できたんです」

　だから、こんなところで苦労しているんだと言いたかったが、そこまでは口にしなかった。

「そうか」

　都筑もニヤッとした。

「そういうことならアテにはできないな。しかし、これがむずかしいことはわかったろう。もう少し時間をくれよ」

　ということで、また締切りが遅れる。なんでも、都筑のこぼすところによれば、アメリカ人にクイーンの解説を読ませても、これはわかりにくいと首をふったということだった。それをただ単に翻訳するばかりでなく、日本文としても名文であるべく仕立てようというのだから都筑の苦心は並たいていではなかった。

　そういう事情はわかるのだが、進行係りとしては発売を遅らせるわけにはいかない。越路の気分では、そんなに凝らなくとも、もう少し早く翻訳できないものかという思いがあった。

社内翻訳として解説はみとめられ、一枚百円の原稿料が払われる。それも仕事中にやってもよいことになっていた。田村がむりやり都筑を口説くとき、そういう特例をみとめたにちがいなかった。

しかし、仕事中に原稿料をもらいながら、その原稿が異常に遅いということに、越路はむかっとすることがあった。

つい催促の言葉がきびしくなる。

「そんなことを言うなら」

と都筑も向っ腹を立てる。

「ここに一枚上るごとに百円を置いてくれたまえ。そうしたら、いくらか仕事のはかもいくかもしれない」

「そんなことできるわけがないでしょう」

と越路は言い返した。

「そういう交渉はぼくはできませんよ。都筑さん自身で社長と交渉して下さい」

さすがに都筑も社長にそんなことは言えなかったらしく、百円を前に置くことはなかったが、今度は鉛筆のことで駄々をこねはじめた。

「どうも、この鉛筆の黒いのがなあ」

と言いだす。

「クイーンの解説を訳すのになじまないんだよね。クイーンには黒鉛筆ではなく、色鉛筆の方が似合うような気がするんだがね」

「何色を使ったっていいですよ」

越路はもうその頃になると、ヤケクソに近い気分になっている。

「なんなら、十二色の色鉛筆を揃えてきますが、そうしたら、原稿の上りが早くなるんですかね」

こういうふうに、つきっきりで原稿の催促をしないと解説は上ってこない。越路がいらいらしてそばで待っているのを尻眼に、都筑は一枚一枚自分が納得ゆくまで時間をかけて仕上げてゆく。

どうも、その手順をふまないと都筑は仕事をしたような気がしないらしかった。そののちに、越路がもの書きになってから、担当の編集者にそのエピソードを話すと、その編集者は長嘆息して言った。

「その頃から、都筑さんはそういう癖があったんですか」

つまり、今でも都筑にはその癖があって、編集者がそばについていないと原稿の上りが遅いというのである。

「じゃあ、ひょっとしたら、おれが妙な癖をつけちまったのかもしれないな」

と当時のことをなつかしく思い出しながら、越路は微笑した。

「おれがわるかったのかな」

「そうですよ、越路さんが良くない」

と編集者も笑った。

「おかげで、担当の編集者は泣いていますぜ。初代の担当編集者のせいです」

「担当って言ったって、同僚だぜ。いや、都筑さんは上司ではあるが、年が近いし、入社時期も数ヵ月おれより遅かったから、同僚という感じが強かったな。上司だと威張るところもなかったしね。とにかく、おれに駄々をこねるって感じだった」

そう言いながら、越路は脳裡に当時の状況をありありとよみがえらせていた。

古びた机があり、都筑と越路は隣り合って座っている。校了間際で、もう日はとっぷりと暮れていた。

机のまわりは二人とも原書の山で、特に、都筑の方は原書に埋れているといった恰好だった。越路はいらいらしながら煙草をふかし、ひたすら、都筑の筆の運びを見守っている。都筑の方はそんなことはおかまいなしといった顔つきで、悠々と翻訳に時間をかけている。

あれも二人の青春だったのだろうなと、越路は思うのだった。

汗みどろの日々

夏が来て、冬が来て、一年が駈け足で過ぎ去っていった。

とこう書くと、いかにも歳月が苦もなく去っていったように感じるが、その頃の越路にとって歳月はそれほど軽(かろ)やかな足どりで過ぎてはくれなかった。

苦しいときの一日は、とてつもなく永いという実感が越路のような世代にはある。第二次大戦中から戦後にかけての飢えの時代がそうだった。朝に芋(いも)を一本食い、昼に雑穀(ざっこく)まじりの弁当を食い、夜にまた芋を食う。その間ずっと飢えにつきまとわれ、他のことはなにも考えられない。ただひたすら、次に食べられるもののことを考えている。なにかをしようとしても、つい食いもののことばかりに考えが向い、集中力など出ようはずがない。

そういう一日はだらだらと無意味に永かった。戦争中から戦後にかけての飢えの時代は、一年が十年分のように思えた。

不幸せな一日は永く、幸せな一日はあっという間に過ぎ去ってしまう。

そういう意味では、早川書房の一日も決して短いわけではなかった。越路は今でも悪夢にさいなまれることがある。原書を読みながら、その意味が全くつかめず、しかし、セレクションをしなければならない時間は切迫しているので、脂汗（あぶらあせ）を流しているという夢である。

夢を見ながら、今の自分はこんな思いをしなくてもいいはずだがなあと考えており、その考えが強まると夢は覚める。そして、やっぱり今の自分はそうでなかったのだと納得（なっとく）してほっとするのである。

よく人は受験勉強の夢として、それに似た夢を見るというが、越路の場合はそれが早川時代の悪夢なのである。

語学力がないくせに、原書を読み、しかも、その作品の優劣を決めなければならないのだから、脂汗をかくことになる。

EQMM日本版に載（の）せる短篇については、都筑道夫がその脂汗をかく役目をやってくれているので気は楽だが、それにしても、上ってきた訳稿を原文と照らし合わせてチェックをする仕事は越路も分担しなければならない。

都筑は語学力があるから、すらすらと読みこなすが、越路はそういうわけにはいかなかった。しょっちゅう辞書を引いたり、時にはスラング辞典も調べなければならない。

EQMMの編集部員だからといって、校了のあとはぼけっとしているわけにはいかず、ポケット・ミステリの方の手助けもしなければならなかった。EQMMの編集部員は校正を除けば、都筑に越路、それに目白を加えて三人である。

その三人でなにもかもやらなければならないのだから、かなり多忙ではあったが、編集部全体だとまだ手が足りている方であった。

ポケット・ミステリの他に演劇関係の雑誌も出していて、その総人数は田村隆一を入れても五人ほどである。田村は企画を立てるだけで実際の仕事はほとんどしないから、ポケット・ミステリを月に三点ほど出すのに、三人がそれぞれ一点ずつを受け持たなくてはならない有様だった。演劇誌は専任の女性が一人でこつこつやっていた。

従って、都筑も越路も目白も、ポケット・ミステリを手伝わなくてはならない。そっちのセクションの編集長は福島正実（ふくしままさみ）ということになっていたが、この小人数の編集部内でセクションもくそもあったものではなかった。

越路は福島の言いつけで、長篇の方の訳稿も原書と照らし合わせなければならなかった。なぜ、チェックを必要とするかというと、翻訳者の中には、原書を全訳せず、抄訳してしまう者がいたからだった。

これは悪意というわけではなく、その方が読者にとって読みやすいという意味合いもあるらしかった。ミステリの翻訳誌というと、戦前の『新青年』が有名で、この雑誌によって多くの優秀な海外ミステリが紹介された。

モダンでしゃれた雑誌というイメージが強く、ＥＱＭＭ日本版が発行されるとき、『新青年』の再来という評判も立った。当然、田村をはじめとする編集部も『新青年』を意識していて、これを参考にするために、古本屋から『新青年』を買い求め、できるだけ揃えてみた。

しかし、実際にはあまり参考にはならなかった。モダンで斬新だというイメージはあらためて読んでみると、いかにも古色蒼然とした感覚でしかなかった。

なによりも困ったのは、『新青年』の翻訳はほとんど全訳ではなく、抄訳であったことである。当時はミステリの面白そうなところだけかいつまんで読ませた方が読者に親切だという編集感覚であったのだろう。

ところが、現代の読者はもっと高度なものをミステリに求めていた。抄訳だと、どうしてもストーリイに不自然な部分が出てきたり、伏線が飛んでいたりする。これではミステリ・ファンが納得するわけはなかった。

こういう読者の要望に応えるために、早川書房のミステリ・シリーズは全訳を心がけ、それが好評を得たし、ファンの信頼も得られたわけだが、それでも古い翻訳者の中には『新青年』時代のような抄訳をしてくる者がいた。その方が読者に親切だといまだにカンちがいしているわけである。

田村はこういう翻訳者ではなく、新しい翻訳者を育てることをポケット・ミステリの眼目としていた。むろん監修者の江戸川乱歩も全訳に賛成であり、単に横のものを縦にする翻訳ではなく、原作に合った文章を書き得る翻訳者の育成を願っていた。

早川書房の『ハヤカワ・ポケット・ミステリ』は、アメリカのペーパー・バックに似たサイズで、しゃれた装幀にし、良心的な翻訳を心がけることによって地道にミステリ・ファンを増やしていったが、そのスタイルが確立したのは百点を越す頃で、それまでにはいろんな試行錯誤があった。初期の頃には、アブストラクトの絵ではなく、それこそアメリカの低俗なペーパー・バックの表紙のように、殺人鬼と美女の取り合わせが生々しく描かれているといった絵柄もあった。

翻訳にしても、大学教授がアルバイトに訳したという類いがあり、中には今では信じられない誤訳が散見された。

中野好夫が『英文学夜話』という秀れたエッセイの中に紹介している誤訳で"Coloured man from Africa"を『アフリカから来た色男』と訳した翻訳家がいたとあるが、それに類した誤訳がいくらもあった。

今では誰でも知っている『スコットランド・ヤード』をロンドン警視庁と訳さず、そのまま『スコットランドの庭』と訳してきたのにはびっくりしたと田村隆一は越路に語ったが、それほど極端ではなくとも、原文と照らし合わせてみると、妙な訳はいくつもみつかった。

たとえば、文中でいきなり『ナポレオンでもやるべえか』という訳にぶつかり、なんでこんなところにナポレオンが出てくるのかといぶかって、原文を当ってみると"take a nap"となっている。辞書によれば、たしかにナップのNが大文字の場合にはナポレオンの略とあるが、ふつうは一眠りというほどの意味である。『昼寝でもしようか』というのが正確な訳であろう。誤訳であるばかりでなく、『ナポレオンでもやるべえか』という日本語のセンスがどだいいただけない。

やむを得ないという誤訳もあって、今では誰でもナイトキャップと言えば寝酒のことだとわかっているが、当時はそれがわからず、ついナイトキャップをかぶったと訳してしまう傾向があった。

ハードボイルドの探偵がナイトキャップをかぶるのは妙だなあと思って調べてみると、寝酒をやったというのが正しいとわかる。

同じように『熱帯風の上衣を着て』と訳してあるのがあって、どうも妙だと調べて見ると、原文はトロピカルである。強いて訳せば熱帯風になるかもしれないが、これはトロピカルという布地の名なのである。

こうして前後の関係を見て、妙だなと思って調べてみると誤訳だとわかるという場合が多い。これはかなり厄介で手間のかかる仕事だが、こういうことを雑にしておくと、訳文の完成度が低くなる。

越路はうんざりしながら、こういうアラ探しとも言うべき仕事をやらねばならず、当時はそういう誤訳をする翻訳者を恨んでいたものだが、今考えてみると、この仕事をやったおかげでかなりの単語を覚えることができた。人の誤訳を探し当てたあとは、同じ誤訳はしないものだし、またそのために調べた単語は頭にこびりついていて忘れない。

越路に多少なりとも語学力が備わったとしたら、誤訳をしてくれた人々のおかげかもしれなかった。

乱歩はミステリが大学教授のアルバイト程度の翻訳で事足れりとしている現状に不満を抱いていたからこそ、自ら翻訳をやろうという意欲をEQMM日本版の創刊号で示し、翻訳者の名を大きくするように指示したのだろうが、当時はまだそれほど優秀な翻訳者はいなかった。いや、いたことはいたがミステリの翻訳に手を染めようとはしなかった。

自身が翻訳の名手である田村隆一は、EQMM日本版によって、若手の秀れた翻訳者を育成しようと考えていたらしかった。そのために、福島正実や都筑道夫という眼利きをスタッフに揃えたのである。

ただし、こういうスタッフは優秀なだけに、翻訳者の眼利きをするという役割りに飽き足りず、自らも翻訳に手を出すという結果になる。編集部内の優秀な連中はせっせとアルバイトに励むという傾向が強まった。アルバイトでもしなければ食ってゆけないという事情もあったが、仕事の時間中にアルバイト原稿を書いてやしないかと、社長はそれが気になってしようがない様子だった。

そこで、ときどき、越路を呼んではこんなふうにささやく。

「仕事時間中に、自分の原稿を書いているのはいないだろうね」

遅刻こそはするが、まあまあ仕事はできるようになったし、第一、自分で翻訳をやるほどの実力もなさそうだと越路を見込んでのささやきだったのだろうが、越路は困惑すると同時に、むっとした。

自分が仲間のことを告げ口するようなタイプに見えたのかと心外だったのである。スパイじゃあるまいし、そんなことは知ったことかという気分だった。

社内にはアルバイト原稿で稼げないセクションもあるわけだし、あまりにもアルバイトに精を出しすぎるのはアンフェアだという気もしていた。どだい、アルバイトをしなければ食っていけない安月給が問題なのだとも思っていたが、入社早々の自分にそんなことをいえる資格はない。

「いや、いないと思いますよ」

とややぶっきら棒な言い方になった。

「みんな、家へ帰ってからやっているんじゃないですか。ぼくは雑誌の進行だけを気にしているんで、他のことはあまり気にしてないんですがね」

「そうかね」

ファッツはまだ疑わしそうな顔をし、さらにこんなことをささやいた。

「それならいいんだが、それはそうと、都筑くんは兵隊の匂いがしないかね？」

「え？」

越路は社長がなにを言わんとしているかわからなかった。

「兵隊の匂いってなんです？」

「よく、兵隊が通ったときに匂うだろう。あの匂いさ」

ファッツは鼻をうごめかした。

「ぼくは都筑くんがああいう匂いがするような気がするんだがね」

それで越路にもわかった。軍隊が行進するのを、越路は何度も見物したことがあったが、兵隊たちが通り過ぎる時、異様な臭気がただようのを実感していた。革(かわ)とも脂ともつかない匂いであり、独身の男の発する臭気のかたまりという感じがした。

そう言えば、都筑道夫の方からそういう匂いがただよってくることがあった。

「なるほどね」

と越路はついうなずいてしまった。言い得て妙だと感心したのである。ファッツも仲々味な表現をする。

「だろう？」

社長はニヤッとした。

「きみから都筑くんに、それとなく注意したらどうだ？」

「とんでもありません」

越路は首をふった。

「都筑さんは上司ですよ。ぼくからそんなこと言えるわけないじゃないですか。注意するのなら社長から言って下さい」

「それもそうか」

社長はうなずいた。

「まあ、暑いからなあ」

折しも夏だった。

編集室の中はうだるような暑さだが、クーラーなどというものは、当時全く存在せず、涼を取る文明の利器と言えば扇風機が最高のものであった。その扇風機は社の中に一台だけあって、それは社長の横に置いてある。ファッツは当然汗かきで暑がりだが、あまりその利器を使っている気配はなかった。

うっかり使って故障でもしたら大変だと思っているふしがある。一体、その扇風機は、いつ買ったものかと、越路がある日そっと調べてみると、台座に大正時代の年が記されてあったのを見てびっくりした。

どうやら、関東大震災や東京大空襲をもくぐりぬけ生き伸びてきた代物なのである。

ファッツはそれを大切にしていて、ふつうは上半身下着一枚でばたばたと扇子を使っていた。

社長がその恰好(かっこう)だから、むろん、社員も下着一枚である。ズボンも取ってステテコという姿も許されていた。みんなそれでも汗みどろになって仕事をしている。

都筑道夫もそういう姿で、越路の隣りの机に向っているのだが、そっちの方から、たしかに社長の言う『兵隊の匂い』がただよってきた。

都筑は独身のせいか妙なくせがあった。給料をもらうとすぐ、すべての衣服を新品に取り替えるのである。上衣からシャツ、ネクタイ、ズボン、それに靴下まで新しくなっている。そして、その姿は次の給料日まで全く変らない。着たきり雀のまま一ヵ月を暮していたらしい。

むろん下着もその方式だから、だんだん汚れてくるが、取り替える気配はない。一ヵ月も同じ下着を着つづけていれば匂わない方が不思議である。

編集部にいる連中は、どれもろくなものを着ていない。田村隆一は着流し姿で出社したりするが、その和服は酒の染(し)みだらけであり、越路も同じ背広を一年間着つづけていて、上衣もズボンも妙にテカテカと光って気恥かしかった。

だから、みんな上等なものを着ているわけではないが、同じ下着を着つづけるということはない。その点、都筑は一ヵ月ごとに丸ごと新品に替えるのだから、一番ぜいたくとは言えた。

だから、おしゃれかというと、下着を替えないところを見ると、ややピントが狂っている。要するに、おしゃれのくせに不精なのである。

しかし、越路はある日、都筑の住んでいるところを訪ねてびっくりすると同時に感銘を受けた。都筑の住んでいる家は一間きりで、それも長四畳という不思議な造りになっていた。それに台所と洗面台とトイレがついているだけである。

その長四畳のほとんどを占居しているのは原書の山であった。ハードカバーからペーパー・バックまで、ありとあらゆるミステリ関係の洋書が部屋の中に積まれている。その中に万年床が敷かれてあった。

その洋書は一種独得の匂いを発していた。都筑の発している匂いは、彼自身の体臭ばかりでなく、この洋書の山から発するカビ臭いようなニカワ臭いような匂いにちがいなかった。

彼は月に一度新品の服に着替えるほかは、給料からアルバイトの原稿料まで、この原書に投じているのは明らかだった。越路は都筑の読書欲のすさまじさに眼を見張る思いだった。

彼の秀れた語学力、読解力はここから生れているのだということをしみじみと思い知らされて、たじたじとなった。自分にはこれほどミステリに打ちこむことはできない。そんなに努力するほどの根気はない。そう思うと都筑の才能の根底に頭が下る思いがした。

それほどの努力をしながらも、都筑はまだ世に認められてはいなかった。その鬱憤(うっぷん)を晴らすために、月に一度だけ服を新品に替えるのかもしれなかった。

しかし、あとの関心はすべて原書を買い、それらを読むことに費(つい)やされていて、身のふりをかまうことになど考えが及ばず、同じものを一ヵ月着つづけているように感じられた。

「この本を全部読んだんですか？」

と越路はやや茫然(ぼうぜん)としつつ訊(き)いてみた。

「えらいことだな」

「いや、全部は読んでいないさ」

と都筑は照れくさそうに言った。

「でも、買っておかないと他人に買われそうで不安になるから、つい買っちまうんだ。こうなると整理しきれないよ」

田村はいい人材をスカウトしてきたもんだなと越路はあらためて感心した。都筑とこの本とを早川書房は丸ごと仕入れたことになる。『ハヤカワ・ポケット』に今後秀れたミステリが加わることは間ちがいなさそうだった。社はすばらしい鉱脈を掘り当てたなと越路は思った。

夏場はもうひとつの悩みがあった。

目白里子のことである。この娘は明るくてきぱきしていて、なにも知らない越路にとっては有益な助言者の役を果してくれた。

しかし、彼女には腋臭の気配があった。ふつうはそれほど感じないが、薄着になるとそれが臭った。夏になり、ノースリーブの服を着るようにもなれば、かなり強烈な匂いがただよってくる。

越路の右隣りが都筑であり、左隣りが目白である。この両方からの匂いに越路は大いに悩まされた。しかし、両方とも自分の匂いに気づかないところを見ると、あるいは、越路自身も匂っていて、それで気がつかないのかもしれなかった。

夏場だからと言って、シャワーをしょっちゅう浴びるというようなぜいたくは許されない時代だった。自宅に風呂があることさえ珍らしい時代である。みんな汗みどろで仕事をし、誰もが汗臭い匂いを発散していた。

冬場になると、編集部は別の悪臭に悩まされることになる。室内の暖を取るのには大型のストーブがあるのだが、これが煉炭ストーブだった。

寒いので窓を閉めきると、煉炭から発する匂いが部屋中に充満し、息苦しくなってくる。事実、あまり窓を閉めていると、一酸化炭素中毒になりそうで、気分が悪くなり、頭がぼうっとしてきた。

それで、越路はなるべく外へ出るようにしていた。翻訳者たちは原稿を持って、よく社に来てくれたが、その場合は、打ち合わせと称して、よく外の喫茶店へ出た。その場合、コーヒー代を翻訳者がおごってくれる場合はいいが、そうでないと厄介だった。その場合、社にコーヒー代を請求すると、必らずイヤ味を言われるからである。社長は自分がかなりの呑み助だから、社の人間や社外のお客さんを呑みに連れて行くことはよくあったが、社員が呑ませたり食わせたりすることは嫌った。ましてや、コーヒー代などは余計で、そういう打ち合わせはなるべく社内でやれという方針だった。

だから、打ち合わせで社外へ出る場合は、ほとんど自腹を切る覚悟が必要だった。そういう社内の事情をよく知っている翻訳者たちは、越路たちにコーヒー代を払わせることはなかった。

その頃のポケット・ブック一冊の定価は二百円前後で、初版は三千部から五千部ぐらいであった。翻訳者に払う印税は八パーセントである。だから、一冊翻訳したとしても五万円程度であったが、二ヵ月に一冊ずつ上げれば二万五千円ということになり、越路の給料の三倍以上になる。

彼らも裕福とは言えないが、まあふつうのサラリーマンよりはゆとりがある。それでミステリの翻訳者を目指す人材も増えつつあった。ちょうど越路ぐらいの年齢で、小説や詩を書こうとしている人たちが、翻訳家に転向しそうなきざしが見えかけていた。

こういう人たちは文章力もあり、語感も豊かであったから、横のものを単に縦に直す、いわゆる英語使いよりもずっと原文に近い翻訳をする能力を秘めていた。

ただ、いくら翻訳力があっても、あらゆる原作者に通じるというものではなく、やはり原作者と翻訳者には相性があるのだということが越路にもわかってきた。

原作に合う翻訳者をみつけるということも編集者の仕事だった。そして、若手の翻訳者たちと原作者の文体について、議論を戦わすことも多くなった。その分だけ、越路にも原文を読みこなす力がついてきていたのかもしれない。

その他に、ＥＱＭＭ日本版には日本作家によるコラムがあって、その執筆者に会って原稿を取るのも越路の仕事であった。

たとえば、新刊の海外ミステリを紹介するコラムに『深夜の散歩』というのがあって、はじめは中村真一郎、さらに福永武彦、丸谷才一とつづいて、名コラムの誉（ほま）れが高くなったが、この三人の原稿を取りに行くのはずっと越路の仕事になった。

その月に出た『ハヤカワ・ポケット』の新刊を持って行き、各作品のあら筋を述べ、その中からコラムに取りあげる作品を選んでもらう。

三人とも音に聞えた評論家でもあり作家でもあったから、越路ははじめかなり緊張したものだが、純文学にかかわることでなく、しかも三人ともミステリは好きだから、このコラムを書くのは気分転換になったらしく、越路が会うときはおおむね機嫌はよろしかった。

ただし、越路の方はその月に出た新刊全部に目を通し、ご進講の準備をしておかなければならない。

ただ馴れるに従って、三人それぞれの好みがわかり、これを読んでもらえれば書いてもらえるなという要領がわかってきた。

中村真一郎はざっくばらんな人柄で、夏場などパンツ一枚の姿で平気で客と応対するというところがあり、しかし、平易な文章で鋭く現代ミステリの在りようを指摘してくれた。一方、福永武彦は気むずかしそうで、姿勢にゆるぎがなく、相対するたびにこっちも姿勢を正さざるを得ない。

神経のそよぎが表にあらわれているような感じがしたが、ミステリを語りはじめると機嫌が良く、新しいミステリに対する好奇心も強かった。

丸谷才一は三人の中では一番若く、やや童顔のせいもあって、良い意味での書生っぽさを残している気配があった。声が大きく、博識で話術に長け、しゃべり出すとその面白さに魅きこまれ、一時間ほどはあっという間だった。

しかし、その三人ともミステリに関しては都筑道夫に一目置くところがあり、都筑さんはこの作品をどう評価しているかとしきりに聞いた。馴れてくるに従って、越路自身の評価はどうかとも聞くようになった。

こういう人たちとの会話の中で、越路は次第に作品の質についてのはっきりした評価を、言葉として表現する術を学んでいった。同時に、次から次へと義務的に多量の作品を読むことによって、海外ミステリの多様さと底の深さに眼を見張るようにもなった。

海外ミステリと言えば、ポーやドイルにはじまって、せいぜいクリスティ、カー、クイーン、ヴァン・ダインぐらいのものしか知らなかったのが、ロアルド・ダールをはじめ、スタンリイ・エリン、ヘンリイ・スレッサー、ロバート・ブロック等の『奇妙な味』を得意とする短篇作家群の作品を読み、レイモンド・チャンドラー、ダシェル・ハメット、ロス・マクドナルドのハードボイルド派の長篇、あるいはW・P・マッギヴァーン、エド・マクベイン、E・S・ガードナー、イアン・フレミングといったストーリイ・テリングの巧みな作家たちの長篇を読むにつれて、日本のエンターテインメントの底の浅さを感ぜずにはいられなかった。

しかし、ちょうどその頃、日本でも仁木悦子の『猫は知っていた』によって、ミステリ・ブームがひろがり松本清張の『点と線』によって、それは頂点に向いつつあった。

清張の出現によって、日本のミステリは大きな変貌を遂げた。それまで新奇なトリックのみを偏重して、パズル小説化していたミステリに小説としての面白さを復活させたのが清張だった。

彼の作品は、それまで探偵小説と呼ばれていたミステリを、推理小説と変えるだけの影響力があった。

海外でも、ミステリがトリック偏重主義に偏した結果、小説としての息吹きを失い、読者から見放されかけたが、いわゆる本格派以外に優秀な作家が生れ、いろんなジャンルを確立したことによって、再び多くの読者を呼びもどすことができた。

その経緯を越路は海外のミステリを読むことによって、少しずつ学んでいた。そして、日本のミステリも本格事大主義に囚われず、さまざまなジャンルの可能性にチャレンジすべきだと考えるようになっていた。

他のジャンルはいざ知らず、ことミステリに関しては、海外のノウハウを取り入れなければどうにもならぬと思った。ちょうど、自動車工業のように、日本はエンジンから車体からタイアに至るまで、あらゆることを学ばねばならない。

あとになってわかるのだが、こういう意識は海外ミステリを読んで育ってきた若手の作家の共通の思いだったらしい。こういう作家たちは清張の出現によって、新しいミステリのジャンルに挑戦しようという意欲を持ちはじめていた。

出版社サイドでも、ミステリはベストセラーになり得るという認識を持ち、そういう新人を世に出す姿勢を取るようになってきた。

こうして、海外ミステリは上質で面白いということが理解され、海外ミステリから学ばなければならないという流れが少しずつ広がったわけだが、その傾向は早川書房にとって望ましいものだった。

越路が社へ入ってから、ポケット・ブックの売れ行きも好調だったし、EQMM日本版も一応成功だった。

にもかかわらず、社員の待遇は一向にあらたまらない。相変らず残業代は出ず、忙しいときは夜十一時頃まで働いているのに、夜食も自弁という有様だった。

電車代もケチるぐらいだから、タクシイなど思いもよらず、一ヵ月に五百円のタクシイ代が出ようものなら、たっぷりイヤ味を聞かされねばならなかった。

越路はむろん年中ぴいぴいしていて、朝起きてみるたび枕元に千円置いてあったらどんなに楽だろうとらちもないことを考えたりしていた。一日に千円、一ヵ月に三万円という金額は夢のように思えた。

あまりの辛さに田村にこぼすと、彼は勉学中の身だから致し方あるまいと答えた。要するに、オックスフォードかケンブリッジ、あるいはエールといった大学に私費留学をしていると思えというのである。

三十七年ほども経った今にして思えば、越路も田村の言葉は一理あると納得できる。大学出たての若僧を取りあえず一人前に仕立ててくれたのは早川書房のおかげであって、給料の安さに文句をつけるのは生意気すぎたかもしれない。

しかし、当時は社の業績が順調なのに、社員の給料が他社にくらべて安すぎるのは不当だと思っていた。

暮れになって、各社がボーナスを出す時期になっても、早川書房の社員の顔色は冴えなかった。

越路は四月に入ったから、夏のボーナスは当てにしていなかったが、冬にはボーナスをもらえるのではないかとささやかな希望を抱いていた。

しかし、正規のボーナスは出ず、餅代として三千円が支給された。この一年の苦労を思うと、越路は情けなかった。

「餅代でも出るだけましだぜ」

と田村が慰めともからかいともつかない口ぶりで言った。

「われわれにだって、ほんの一ヵ月分ぐらいしか出ないんだ。これじゃ呑み代にもなりゃしない」

たしかに、呑み代どころか生活費にも不充分だった。ボーナスも生活給だと言われていた時代である。しかし、田村の呑み方では、いくらボーナスをもらったって右から左だろうと越路は思った。

ボーナスが出る頃になると、社にはいろんな借金取りがあらわれた。たいていは洋服屋程度だが、田村の場合は圧倒的に呑み屋が多い。

その借金取りがあらわれそうだと見るや、田村は例のすばらしい直感で、たちまち姿をくらました。

苦しく切ない一年を早川書房で修業したおかげで、越路はたくましく成長した――というと聞えはいいが、物怖じをしなくなり図々しくなった。その一年であらゆる種類の失敗をやったが、誰も尻ぬぐいをしてくれないので、自分の力で、その失敗を乗り越えなければならなかった。

また、ようやく新しい企画を考えられるようにもなったが、その企画を編集会議にかけるとたちまち通った。

それはうれしいのだが、新しい企画を出すと、それが全て自分の背負いこみになることも思い知った。

どだい人手が足りないのだから、やむを得ないのだが、おかげで越路は二役も三役もやらなければならなかった。そういう新しい原稿を頼みに行くときには、かなりのハンディを覚悟しなければならない。

まず第一に当時の早川書房は知名度がそれほどではないので、名刺だけでは通用しなかった。その上に、原稿料が安いときている。

断わられるのを承知で、面の皮を厚く強引に割りこみ、なんとか頼みこむしかなかった。

こうして面識を得た中には、佐藤春夫や大井広介がいた。

大井広介は辛口の文芸評論家として知られていたが、ミステリのファンで造詣も深かった。仲間たちとミステリを語る機会も多かったらしく、大井の友人である坂口安吾の『不連続殺人事件』を高く評価していた。

この大井のところへ越路はコラムを頼みに行った。こっちは海外のミステリの紹介ではなくて、日本作家の作品論であった。

大井もミステリとなると機嫌がよく、海外のミステリについて若僧の越路の意見でも耳を傾けるところがあった。

彼の作品論はずばりと核心を突く鋭さがあり、歯に衣着せず一刀両断にするという小気味の良さがあった。ただし、文章がむずかしく担当の越路ですら理解できないこともあった。

佐藤春夫はEQMM日本版で新人コンテストをやることになったとき、銓衡委員を依頼するために越路が門をたたくことになった。

銓衡委員は三人で、あとの二人は福永武彦と大井広介である。

当時、佐藤春夫は門弟三千人と言われる文壇の大御所であった。広大な佐藤邸の前へ来たとき、越路は文字どおり脚がすくんだ。自分の社のような名もない出版社の、しかも若僧の編集者が刺を通じても、とうてい会ってはもらえまいと思ったのである。

しかし、そう思ったとき、どうにでもなれと肚をくくった。元々越路には土壇場に追いつめられると、どうにでもなれと肚をくくってしまうところがある。

どうせ失うものなんかないんだから、当って砕けてみろというこのやけっぱちな精神は、あるいは無一物で外地から引き揚げてきたせいかもしれない。

このどうしようもない居直りは、その後の越路の生き方にいつもつきまとっていて、人生を誤らせた部分も多いが、やけっぱちな決断によって得ることもないわけではなかったと思っている。

佐藤春夫の邸に入れたのも、この居直りと図々しさだった。卒直に、自分の社が銓衡委員をお願いするのは大それたことだと思いますが、先生がミステリに興味をお持ちになっておられるとうかがったので参上しましたと言い、このコンテストの格を上げるためにも先生のお名前が必要なのですと述べた。

佐藤は大きな耳を傾けて、じっと越路の顔を見ていた。越路はその大きな耳が今にもパタパタと動くのではないかと思った。

白髪を短く刈った面長（おもなが）の顔には威厳があり、いかにも気むずかしそうだった。門弟三千人に囲まれても不思議はないほど威風辺（あた）りを払っているかに見えた。

「そうかミステリの新人賞か」

と佐藤は小首をかしげた。

「面白そうだな。ぼくも探偵小説は嫌いではない。むしろ、自分でも一度書いてみたいと思っている。いいよ、引き受けましょう」

越路は深々と頭を下げ、その日は気が変らないうちにと早々に引き揚げた。邸から外へ出たとたんにどっと冷や汗が流れ出した。

佐藤春夫は一八九二年の生れだから、当時は六十半ばぐらいの年齢のはずであり、今の越路の年とそれほど離れているわけではない。しかし、乱歩と言い佐藤と言い、当時の越路の眼から見れば、大文豪の趣きがあった。

慶応大学を中退していたせいもあって、その門弟は『三田文学』系が多いとされていたが、三田系だけで三千人もの門弟ができるわけがない。要するに、入るを拒まず清濁併せ呑むという肚の太さが門弟の数を増やしたにちがいない。

それに佐藤は威厳に充ちた怖ろしげな顔つきをしているが、ユーモアの感覚に長けていて人なつっこいところがあった。

越路のような若僧でも、馴れてくるに従って、意見を言わせ、会話を楽しむといった風情があった。

越路は佐藤の人柄が好きになり、なにかというと佐藤邸へ上りこんだ。佐藤夫人もまことに気さくな方で、いつも紅茶とケーキをご馳走してくれた。

ある日佐藤がさりげなく、こんな話をしだした。

「家には色んな連中がやってくるんだが、その中にはヤクザもおる」

「ははあ」

越路はケーキに遠慮なく手を出し、紅茶を飲みながら聞いていた。すっかり寛いでいて、門弟三千人の中にはヤクザも入っているのかと思ったりした。

「しかし、ヤクザと言っても、なみの人間よりずっと礼儀正しいところがある」

と佐藤はつづけ、じろっと越路の方を見やった。

「まず、座ったら膝を崩さない。膝を崩すどころか、正座したきりぴくりともしないんだな。もちろん、出されたものに手を出すこともない」

そう言って、もう一度越路をじろっと見る。越路はエエッと思った。そんなことを言われたって、こっちはもう大あぐらをかいて、ケーキをパクつき紅茶もいただいている。

(参ったな)

と思いつつ、彼はとりあえず正座をすることにした。

(皮肉な爺さんだな)

そのままの形で話をうかがうことにした。越路が正座をし直すのを見て、佐藤の眼にうれしそうな笑いがかすめたようにも思えた。

それから佐藤は四方山の話をして、越路が席を立つすきを与えなかった。自分が、いかに貧乏であるかというような話をする。昔は一ヵ月に五十枚も原稿を書けば楽々と食ってゆけたのに、今は世智辛い世の中になって、こういう陋屋で我慢をしなければならないなどと言う。

しかし、佐藤邸は塀をめぐらせた大邸宅なのである。少くとも、当時の越路の眼から見れば大邸宅に見えた。佐藤邸の向いには一流建設会社の社長の邸があって、これに較べれば、たしかに小さいが、ふつうはこの四分の一ぐらいの家で一家五人が住んでいるのがざらだった。

ただ佐藤は愚痴を言っているわけではなく、浮世の矛盾（むじゅん）を淡々と語っているだけなので、暗くはなく湿ってもいない。乾いていて明るいから、なんとなくユーモアがあり、親しみが湧く。大文豪の台所を覗（のぞ）くような面白味もあった。

そういう話を二時間ばかり延々と聞いてから、ようやく席を立つ汐（しお）を捕え、越路は礼をしてから立とうとしたが、両脚ともしびれて立てなかった。

越路が立ちかねてもじもじしているのを、佐藤はうれしそうに見ている。

（人がこんな風になるのを知っていて、正座をせざるを得ないようにしむけたんだな）

佐藤のうれしそうな――それを表に出すまいと耐えているようなしぶい顔をみて、越路は思った。

（人のわるい爺いだぜ。だが、まるで子供みたいに純真なところがあるなあ）

両脚をしびれさせ、もだえつつも越路は佐藤に親近感を覚えた。

純真と言えば、佐藤は純々乎（こ）として文学を信頼しているらしく、人を評するのに、あれは文学をやったから信用できると平然として言ったりした。

越路は文学に対してそれほどの信頼は持てず、特に日本の純文学について疑問を抱いていたから、文学好きが即良い人間とはとうてい思えず、その言葉を不思議なことのように聞いていた。

しかし、文学とは何かとか、純文学の在り方とかいう理窟を超えて、佐藤の卒直な言葉は文学を骨の髄まで信仰している宗教者のような響きがあった。

彼が文学を愛し、そのことを疑いもしていないことがわかった。それはきわめて純粋な愛であることも否応（いやおう）なしに納得させられる雰囲気があった。

その佐藤の生きざまを越路はすばらしいと思うと同時に羨（うらやま）しくもあった。そこには若くして才能を認められ、その才能を存分に伸ばすだけの環境を与えられた人間の自信が秘められているようにも見えた。

越路の方は才能のかけらも自分に見出せず、それこそ貧苦の中でじたばたと毎日を送っている。そういう自分だからこそ、彼は佐藤邸へ行くのかもしれなかった。佐藤と会うと、それこそ文学の神様と話をしたような清々（すがすが）しさを覚えるのだった。

佐藤の門弟の中には、安岡章太郎とか遠藤周作等の三田系の作家はもちろんのこと『第三の新人』というグループにこの二人が属していることから、吉行淳之介や近藤啓太郎まで入っている気配もあった。

純文学系ではないが、柴田錬三郎も弟子の一人で、彼が眠狂四郎シリーズで一躍売れっ子になったとき、佐藤が越路にこう語ったことがある。

「家の庭には柴田椿というのがあってな。どこへ植えても花が咲かなかった。実にいろいろと場所を換えても、どうしても花が咲かない」

そこでニヤッと笑った。

「ところがある日、ふと思いついて、厠の横に植えてやったら、びっくりするような大輪の花を咲かせおった。やっぱり、今まで肥しが足りなかったんだろうかな」

越路は眠狂四郎の大ファンであったし、柴田錬三郎ことシバレンが陽の目を見るまで苦労をしたという噂話を知っていたので、なるほどと思った。

佐藤は柴田がもともと才能があるのに、自分の根を植えるのにふさわしくない土地を選んだために、花が咲かなかったと言っているようにも思えた。

口の悪い爺さんだから、厠の横などと言ったのだろう。いずれにせよ、自分の弟子が永い苦労の末大輪の花を咲かせたのを大いに自慢にしている気持ちがありありとうかがわれた。その喜びを屈折した表現で、まだ若僧の越路にまで語っているような気がした。

その帰りに、越路はしみじみと思った。

（意地はわるいが、やさしい爺さんなんだな。ほんとに憎めない人だ。おれも弟子入りしようかしらん）

越路をある程度信用してくれているのも、あるいは問われるままに、小説も書いたことがあり、同人誌に属していたこともあることを語ったせいかもしれなかった。

しかし、そうだとすると、弟子入りを正式に申し込まなくとも、すでに弟子の中に入っているのかもしれなかった。そういう弟子まで含めるからこそ、三千人という数に達するのであろう。

もの書き稼業は座業であるから、よほど意識的に散歩をしたり、運動をしないかぎり足腰が弱ってくる。佐藤春夫も歩くのが不自由らしかった。立って歩くときは杖を使うか、人の手につかまらねばならなかった。

コンテストの銓衡の日、会場へ行くまで、迎えに行った越路が手を貸そうとしたが、彼は手をふり、杖があるから大丈夫だと身ぶりで示した。

しかし、会場の料亭へ着いて、若い仲居が手を出すと、それにはちゃっかりつかまった。

のちに、そのことを吉行淳之介に話すと、吉行は苦笑して言った。

「あの爺さんは食えないところがあったからなあ。わざとよぼよぼしてみせたのかもしれんぜ。若い女だとちゃっかりつかまってみせるのは佐藤さんらしいなあ」

その口ぶりには、やはり佐藤への親愛の情がにじんでいた。

銓衡会場では、大井広介が推すと、福永武彦が反対し、福永が推すと、大井が首をふるというようなことがあったが、佐藤は黙ってそのやりとりを聞いていた。

その間、しきりにトイレへ立った。

佐藤がトイレから帰ってくると、たまりかねて福永が言った。

「先生はさっきから黙って聞いてばかりおられますが、どっちの意見に賛成なんでしょうか？」

「いやね」

佐藤はにこりともせず言った。

「たびたびトイレへ立って申し訳ない。つい先日、ぼくは膀胱の中へデキモノができてね。それはさしたることでなく、医者の手当てで治ったんだが、治ったとたんにカサブタになったらしい。それが今取れかけているらしく痒くてしょうがないんだ。小便をすると、その部分に刺激を与えるんだろうかな、まことに気持ちが良い。そういうわけでその快感を味わうためにトイレへ行く」

一同啞然として佐藤の顔を見守っていたが、彼は平然とした顔つきであとをつづけた。

「そこでだ、小便をしながら、つくづく考えたのだが、大井くんの言うこともまことにもっともだし、福永くんの言うことも的を射ている。ぼくはどっちでもかまわないと思うな。新人のことだから、多少の欠点があるのはやむを得ない。作品の瑕瑾のことより、作者の将来性について論じるべきではないか」

ぬけぬけとそんなことを言う佐藤に対して、越路はこれは大した狸爺いだと思った。突拍子もないようなことを言って人を煙に巻くようだが、そこに作為があるようには見えない。天然自然に自分の言いたいことを言っているだけである。そしてそれが見事なユーモアになっている。

(なるほど、これが文学者か)

と越路は感嘆した。

(純々乎として文学を追いつづけているうちに、こんな人間ができあがるのか)

それは永年の風雪に洗われて苔むした巨岩のような風情であった。どっしりとゆるぎもなく、しかも枯れていて雅趣に富んでいる。越路は佐藤の作品がそのまま純文学とは思っていなかったが、彼が偉大なプロであることは認めざるを得なかった。

彼の詩はいまだに人々に愛誦されるだけの平明さとリズム感の良さがあった。

『酒、歌、煙草、また女　外に学びしこともなし』

という彼の詩は、大学に出ず同人誌をやり、文学論に夢中になっている文学青年の言い訳として、大いに口ずさまれていた。

ＥＱＭＭ日本版の入選作は、かくして結城昌治の『寒中水泳』に決定した。

越路はそのことをひそかに誇りとしていた。というのは、その原稿を予選の段階で眼を通し、最終銓衡にふさわしいと残したのは彼だったからである。もちろん、『寒中水泳』以外にも良い作品はあったが、越路は作者のユーモア感覚に大きな可能性を感じていた。

それはユーモア小説というよりは、ファースに近く、今までの日本の作家にはない才能に思えた。

越路が読んだあと、都筑道夫がやや言いにくそうに訊いた。

「『寒中水泳』という作品はどうかね？」

「いいと思いますよ」

と越路はすぐに答えた。

「実は、ぼくはこれが一番の出来じゃないかと思っているんです」

「そうか、よかった」

都筑は微笑した。

「その作品の作者の田村幸雄という人は、福永さんの知り合いらしいんだよね。福永さんから電話があって、そのことは伏せておいてくれと言われたんだ。予選に不公平があってはいけないから、きみだけが知っておいてもらいたいと言うのさ。でも、ぼくも心配になったから、ちょっと訊いてみたんだ」

福永武彦は公平な人だから、そういう気を遣ったんだなということは、越路にもすぐにわかった。

「大丈夫ですよ」

越路はうなずいた。

「福永さんとは関係なしに、最終銓衡に残ることになっています」

こういういきさつがあったから、『寒中水泳』が一席になったことは、自分の眼利きが裏書きされたような気分で、越路はうれしかった。

『寒中水泳』の作者は結城昌治というペンネームで、その後続々と秀作を発表することになる。結城昌治という名は、都筑道夫がつけたものであって、最初はユウキマサハルという名だった。今では、ユウキショウジと誰もが呼ぶようになっている。

「なんだか、殿さまみたいで、ちょっと大げさだなあ」

結城昌治という名は都筑の時代小説好みから出たらしいが、田村自身は最初照れていた。

「そうだよね」

越路もニヤニヤした。

「たしかに大名みたいな名前だが、あまり大身という感じはしないな。譜代ではあるが小身の万石大名というところかな」

「しかし、せっかく都筑さんが凝ってつけてくれたしなあ」

と言って、田村は結城昌治という名をあらためてみつめた。

「でも、ユウキショウジと呼べば、良い名かもしれないな」

「ああ、そうだな」

と越路はうなずいた。

「ユウキショウジならユニークな上にすっきりして、良い名だよ。これからそう呼ぶことにしよう。マサハルはいけませんや」

以来、結城昌治はユウキショウジとして活躍することになった。

粋で貧乏で

越路がはじめて翻訳を手がけた、ロアルド・ダールの『あなたに似た人』が出版された。もちろん、翻訳を手がけたと言っても、越路は下訳をやったにすぎず、翻訳者名は田村隆一になっている。

その下訳も半分だけだったが、とにかく、自分の仕事が活字になったのを見て、越路はうれしくてたまらなかった。何回も読み返し、田村の直し方のうまさに感心していた。

おまけに、『あなたに似た人』はダールの作品がはじめて日本に紹介された短篇集であり、そのユーモア感覚と切れ味の鋭さが日本のミステリ・ファンを驚かせたようであった。越路がびっくりしたように、読者もイギリスにはこんな作家がいたのかという思いを抱いたらしく、その評価は高かった。

もちろん、翻訳の短篇集だから、ベストセラーというわけにはいかなかったが、かなりのダール・ファンが生れた手応えはあった。

そういうある日、越路は開高健から電話をもらった。

「もしもし、ぼくは開高健というもんですが」

やや関西なまりのある声が、受話器から伝わってきた。

「ダールの作品について、ちょっとお願いがあるんです」

開高健の名前は、越路は当然知っていた。昭和三十二年の下期、第三十八回の芥川賞受賞者である彼は、文学青年の間ではすでに有名人であった。

しかし、芥川賞を受賞したからと言って、すぐに流行作家になるという時代ではなかった。石原慎太郎のような例は特殊というべきだった。

従って、越路は開高の作品は読んでいて、その関西風のユーモアと、今までの日本の作品にないスケールの大きさに感心していたが、その顔は知らなかった。テレビが今ほど普及していない時代であり、芥川賞作家がテレビに写るということもなかった。

「お名前は存じ上げております」

越路は緊張して答えた。

「どういうご用件でしょう」

「実は、ぼくは洋酒会社のPR雑誌の仕事をやっておりましてね」

と開高は言った。

「『洋酒天国』という雑誌なんですが、要するに、ウイスキイを買いたくなるような雑誌なんや。しかし、しゃれた感覚を生かしたいと思うてます。そこで、ダールの『あなたに似た人』の中の作品に目をつけましてな。『テイスト』というやつやが」

越路はなるほどと思った。『テイスト』は『味』という翻訳題名になっているが、主人公は利き酒の名人だった。

イギリスで言うクラレット、ワインで言えばボルドー産の赤ぶどう酒に関する利き酒の名人で、一口含むや、たちまちその産地から何年産のワインであるかまで当ててしまう。かなりスノビッシュな男で、イヤ味な男である。この男が次々に出されるワインを当てるが、最後にどんでん返しが待っているという趣向の短篇だった。

そのクラレットの利き酒をする描写がまことに巧みで、下戸である越路でさえ、思わず唾を呑みこむほどであった。

ウイスキイではないが、洋酒会社のPRには打ってつけの作品なのである。

開高はさすがに眼のつけ所がちがうと、越路は感服すると同時にうれしくなった。開高のような新進気鋭の作家がダールを認めてくれたかという思いがあったからである。

「たしかに、あの作品は『洋酒天国』にぴったりですねえ」

と越路は言った。

「それで、あれをどうしたいんです?」

「うちの雑誌に転載させてもらいたいんやが、許可してもらえませんか」

と開高は大声で言った。

のちに丸谷才一、井上光晴とともに文壇三大音声と呼ばれた一人である。

「わかりました」

と越路は答えた。

「わたしは越路玄一郎と申しまして、ＥＱＭＭの方の担当ですが、なんとかご希望に添えるよう話してみます」

「頼んまっせ」

と開高は笑いを含んだ声で言った。

「越路はん、ぼくはあの作品に惚(ほ)れとんねん。なんとかして下さい」

越路は早速田村に相談し、転載についての許可を得ることができた。むろん、転載料がもらえるのだから、社にとっても損になる話ではないし、逆に『洋酒天国』に載せてもらえれば宣伝にもなるはずだった。

越路が早速開高に連絡すると、彼も大喜びだった。すぐに手続きをしにうかがいますと言った。新進作家にお出でを願うのは恐縮だから、こっちから出向きますと言うと、いや、お願いに上るのは自分の方だから、ぼくの方から出向くのが筋ですという返事だった。

越路はなんとなくどきどきしながら、開高の来訪を待っていた。むさ苦しい社に来てもらうのは、失礼なような気がしたので、近所の喫茶店で落ち合うことにした。

「もしもし、今着きましたがね」

という電話が入った。

「こっちへ来ていただけますか」

「ええ、すぐ行きます」

と答えたものの、越路ははたと当惑した。名前は知っているが、顔はわからないのである。喫茶店へ行っても、どんな人物を探せばいいのか見当がつかない。

「あのう失礼ですが、なにか目印しになるようなものをお持ちでしょうか?」

おずおずと訊ねた。

「開高さんの作品は読ませていただいていますが、ちょっと顔がわからないのです」

「もっともや」

受話器に高笑いの声が伝わってきた。

「それなら、目印しを教えましょう。こうっと、この喫茶店の中で一番汚いレインコートを着ているのがぼくですわ。それに一番痩せこけているのもぼくですな。それを目印しにして下さい」

越路は駅の近くの喫茶店まで走っていった。店内へ入って、まわりを見まわすと、窓際に汚れたレインコートを着た男がみつかった。それに痩せてもいる。

そっちの方へ歩いてゆくと、開高も近づいてきた越路を見て、腰を浮かせた。

「開高さんですね?」

越路が言うと、ニヤッと笑った。

「そうです。目印しどおりですやろ」

そうだとも言えず、越路もニヤニヤしながら向いの席へ腰を下ろした。

「田村がうかがうところを、代理で申し訳ありません」

と越路は頭を下げ、名刺を渡した。

「それにわざわざお越し下さって恐縮です」

「いやあ、ぼくは田村さんのファンですけどね」

と開高も名刺をくれた。

「越路さんのファンでもあるんですよ。編集後記を書いたことがあるでしょう。あれは仲々面白かった」

編集後記は都筑が書くが、例によって遅筆なので、代りに越路が書かざるを得ないこともあった。クリスティの『そして誰もいなくなった』のパロディで、編集部員が次々に殺されるという戯文を弄したことがある。

そんなものでも、開高の眼にとまったのかと思うとうれしかった。越路は一層開高のファンになった。見ると、自分とはそんなに年のちがわない若者である。

にもかかわらず、彼はもう世に才能を認められ、自分の世界を続々と構築しつつある。羨しくもあり、そんな彼と口を利けることが幸福でもあった。

仕事の話がすむと、ダールの話になり、それから小説の話になった。ついで自分の身の上話にもなる。

飢えについての話になると、おたがいに共通の話題が多かった。食い盛りのとき、戦中戦後を過した世代である。

「実は、ぼくは下戸でしてね」

と越路は言った。

「『洋酒天国』には申し訳ないんですが、酒はほとんど呑めない。それと言うのも原体験が最悪だったんです」

金沢にいたとき、家へ帰ってみると、重箱が置いてある。蓋を取ってみたら、中に酒粕がつまっていた。乾いた酒粕ではなく、べとっとして甘味のあるやつである。飢え切っていた越路は一口なめてみて、やめられなくなった。腹が減っている上に、甘いものについぞありついたことがなかったから、夢中で酒粕をむさぼり食った。

重箱の三分の二ほどをあっという間に平らげた頃から、頭がぼうっとしてきて、気持ちがわるくなった。そのまま倒れてしまったが、気分の悪さは直らない。そのまま三日ほどの間うなりつづけだった。

「つまり、二日酔いどころか三日酔いというやっちゃな」

と開高は笑った。

「そら苦しいやろな。酒粕いうのは胃の中で発酵しよるんや。ドブロクの最悪のやつを呑んだのと一緒やで。初体験でそれやったら、酒はあかんやろな。童貞捧げたとたんに梅毒伝(うつ)されたようなもんや」

越路はその比喩(ひゆ)を、いかにも開高らしいと思った。大阪風の毒気(どくけ)とユーモアがたっぷりと含まれていて、おまけに明るくて乾いている。

開高健の作品には、そういう大阪庶民的なユーモアがあふれていた。悲惨な状況にあっても、それにめげることなく笑いとばしてしまうというスケールの大きなユーモアであり、哄笑(こうしょう)とも言うべき笑いのセンスである。

それはそれまでの日本文学にありがちな屈折や難解、陰湿といったスタイルからかけはなれた新しい可能性を秘めた才能のように思えた。

「ぼくも食いものには苦労した方やで」

と言って、彼は大阪で焼け出されたあとの食料事情を語ってくれた。

「ビスケット工場に勤めたことがあってね、そのときはうまいところにありついたと思うた。ビスケットの製品には余りが出る。つまり、ビスケットをつくったあとの端っこが余るわけや。これを工員はもらうことができる。はじめはうれしかったで。毎日、ビスケットが食えるて思てな。けど、毎日毎日ビスケットの端ばかり食うとると、哀しゅうなるわな。自分がだんだんビスケットの端っこみたいな人間になっていきよるような気がする」

酒呑みである彼は、酒についての苦労話も聞かせてくれた。当時は、ようやく酒が自由に呑める時代になっていたが、それ以前はアルコール分が含まれてさえいれば、酒呑みたちはなんでも呑んでしまった。メチル・アルコール入りの酒を呑んで、眼がつぶれた人々がまわりにいくらでもいた時代である。

「朝起きて、眼が開かんようになっとる。これはやられたと思ったのがしょっちゅうやったな」

と彼は語った。

「けど、それは眼ヤニがぎょうさん出て、眼が開かんだけやった。眼ヤニが取れて、ようやくほっとする。もう、こんな思いをするくらいなら、闇酒は呑まんようにしようと決心しても、あかんのやな。眼の前に酒が出てくると、ついふらふらっと手が出てしまいよるねん」

しかし、今は洋酒会社に勤めているんだから、その悩みはないでしょうと越路が言ったら、彼は首をすくめた。

「そらまあそうやけど、苦労はおまっせ。ビスケット会社に勤めて、ビスケットの端をかじっているようなもんや」

酒の話から田村隆一の話になり、越路が田村のことを語ると、開高は興味深そうに聞いていた。

のちに開高は田村と知り合って、その人柄と才能に惚れこみ、しばしば『洋酒天国』に登場させた。

　それだけでは飽き足りず、田村をモデルにして小説を書くことを思い立った。酒席で田村にそのことを話すと、田村も大乗り気でいくらでも取材に応じるし、どう書いてもかまわないと言った。

　それで開高は印税の話をした。モデル料として印税の四十パーセントをさし上げましょうという話だったらしい。

　田村はしばらく考えてから、首をふった。

「四割というのはうれしいが、それはいくらぐらいになります？」

「部数にもよりますがね」

　と開高は答えた。

「五万円くらいになりますかね」

「五万円なんて、どうでもいい」

　と田村はさらに首をふった。

「先の五万円より、ぼくは今五百円欲しい。いま、五百円くれれば印税は要りません」

　このエピソードは、田村の無欲ぶりと、当時いかに金に困っていたかを如実に物語っているものとして仲間内で有名になった。

そういう田村だから、金には無頓着で入るやいなや右から左へ使ってしまう。越路の分の下訳料も呑み代に消えてしまったのにちがいなく、一向に払う気配はなかった。越路もはじめのうちは授業料だと思って、なにも言わなかったが、その後も、ダールの他にクリスティなどの長篇の下訳をやっても一向に金が入ってこないので、田村の下訳はご免をこうむることにした。

ダールについては、田村が早川書房を辞めたあと、『キス・キス』という短篇集を出そうということになり、田村にはクリスティの翻訳を頼んでいたので、誰か他の翻訳者をということになった。

そのとき、越路は開高がダールに惚れたと言ったことを思い出し、彼に翻訳してもらえればと思った。その企画を出したところ、すぐに通った。早川としては、当時すでに流行作家となっていた開高の名前があれば、文句のあろうはずはなかった。

越路はすぐに開高の自宅を訪れ、その依頼をした。

「面白そうやなあ。ダールの作品やったら、ぼくかてすぐに読みたいんやが、自分で翻訳するとなるとなあ。ちょっとそんな時間はあらへんのや」

むりもないなと越路は思った。

開高はまだ『洋酒天国』にかかわってはいたが、作家業が忙しくて、とても翻訳にまで手がまわらない状況にあることはわかりきっていた。ひょっとしたらという思いで、越路は頼みに来たのである。

　あきらめかけていると、開高が越路の顔を覗きこんだ。

「どうやろ、きみが下訳をやってくれへんか？　田村さんからきみの話は聞いとる。『あなたに似た人』の下訳はきみやろ。きみが下訳をやってくれるんなら、やってみてもいいけど」

「ぼくでよかったら喜んで」

　と越路はやや興奮した気分で言った。開高にそこまで認められていたのかと思うとうれしかった。

「ただし、ぼく一人では心もとないので、優秀な下訳者をもう一人つけましょう。常盤新平という男ですが」

　当時、常盤新平は早川書房に入ったばかりだったが、彼の語学力と文章のセンスの良さに越路は感服していた。自分はともかくとして、常盤なら開高の期待に応えられるだろうと思った。

「ああ、常盤さんね」

　と開高はうなずいた。

「なにか翻訳を読んだことがあるな。あの人なら大丈夫だ。じゃあ、お二人で頼んまっせ。下訳料は一枚三百円でどうやろ？」

翻訳者でも買い取りの原稿料は百五十円なのだから、三百円はその倍である。破格の下訳料と言えた。越路は開高の思いやりに感謝した。社へ帰ってきて、その旨を常盤に話すと、彼も大喜びだった。社としても、開高の名前が使えるのだから、文句のありようはなかった。

かくして、『キス・キス』は越路と常盤の下訳によって完成した。その訳稿を持って開高のところへ行くと、それにすっと眼を通し、大きくうなずいた。

「『キス・キス』の原書は読んでみたが、その味がよう生きとるわな。ぼくが手を入れることもあらへん。初校のときに多少直せばいいやろ。印刷所へはこのまま入れてもかまへんで」

初校直しはあったが、『キス・キス』は越路と常盤の下訳がかなり生かされた形で出版された。あまり直しがなかったということで、二人はほっともし誇りにも思っていた。開高健に自分たちの文章力を認められたように感じたからである。

一枚三百円の下訳料もすぐに払われ、これもうれしかった。下訳ではなく、ふつうの翻訳をやっても、それほどの印税にはならなかった。開高健の名前があったからこそ、初版部数も多かったのである。

痩せこけていた開高は、その頃から肥りはじめ、特に中国へ行ってから丸々と肥って帰ってきた。

そしてグルメとしての名も高くなった。越路は、開高がグルメだとはどうしても思えなかった。ビスケットの端をむさぼり喰ったという話が頭の中にこびりついていたからである。

グルメというより、大食漢（グルマン）という方が開高にはふさわしいのではないかと思い、はじめて会ったときの痩せこけた彼の姿をなつかしく思い出したりした。

小説で食いもののことを書くのはむずかしいものだが、開高はどんな料理でも、思わず読者が唾（つば）を呑みこむような描写を楽々とこなしていた。その意味では、ダールの『味』に共通する才気が感じられた。

彼は小説ばかりでなく、行動する作家として、戦場にも赴（おもむ）き、秀れたルポルタージュも書けば、大魚を求めて旅してはユニークな紀行文ものにした。

彼は越路と同世代のスターとして活躍し、五十八歳の若さで足早にこの世から去ってしまった。

入社して二年三年と経つうちに、越路は編集者として度胸もつき、びくびくしなくなったが、同時にこの仕事が面白くなってきた。

入社して一年ばかりは、新聞の求人欄をしばしば覗きこむことがあった。もっと良い就職口はないかというあさましい了見からだった。

しかし越路のような中途採用では、大しておいしそうな就職口はありそうになく、大学新卒者だけに門戸は開かれていた。その新卒者の給料がだんだん高くなってゆくのを見て、越路は不愉快になった。

早川書房にいては、そういう新卒者の給料にどんどん追い抜かれてゆくだけである。おまけに年齢が高くなるにつれて、就職口はますますせまくなる。越路はついにあきらめて、新聞の求人欄を読むことをやめてしまった。ちょうどその頃から、編集の仕事の楽しさがわかり、徐々にこの世界の深みにはまりつつあった。

編集という仕事は、いわば縁の下の力持ちみたいなもので、陽の当るところへ出ることはない。むしろ、自分が陽の当るところへ出まいとするのが粋なのだと越路は思いはじめていた。

自分の手がけた仕事が世間の評価を受けたり、自分が協力した作家が世の注目を浴びる——それが編集者冥利というものだと少しずつわかってきた。見えない勲章こそ、編集者の誇りなのである。

陰に身をひきつつ大きな果実を育てることこそが編集者の使命だと考え、自分はそのひそやかな喜びだけで充分だと思いつつあったが、それにしては、給料が安すぎると思っていた。給料が安いばかりでなく、諸事倹約を旨とせねばならないので、士気にかかわると思っていた。

そういう意味では、一流出版社の編集者が羨しかった。彼らは給料が高い上に、経費も使える。おまけに、名刺一枚でどこへでも通れる特権があった。

一方、越路はしゃにむに頭を突っこんで、人間関係をつくり、安い原稿料で書いてもらわなければならなかった。

そのためには図々しさと人なつっこさ、それにまめに足を運ぶことしか方法はなかった。早川書房を売りこむと同時に、自分を売りこむというようなあざとい真似（まね）もしなければならなかった。

こうして、彼は自分の人脈というようなものを少しずつつくっていった。こういう人々とは、社をぬきにして裸のつきあいができるようになってくる。そのコツを越路はだんだん覚えていった。

のちに、越路が社を辞めて、フリーのもの書きになったとき、こういう友人たちがいろいろと応援してくれた。

だから、一流出版社の編集者ではなく、早川書房にいたことが、大いにプラスになったわけだが、勤めている間はそうは思わなかった。貧苦にまみれながら、しょっちゅう駈けまわっていなければならないという不満を抱えていた。

もうひとつ、早川書房にいてプラスになったことは、なにせ原稿料が安いから、あまり他人をあてにせず、自分の書けるところは自分で書くという癖がついたことだった。翻訳の短篇のアナが開いたら、そこは自分の翻訳で埋める。コラムはなるべく自分たちで書く。開高の眼に止ったのも、そういうコラムのひとつなのである。

また月給が安いから、内職の原稿を書いて稼ぐということも身についてしまった。都筑道夫などは社の仕事より、内職の仕事の方が忙しくなってきて、社をしばしば休むということもあった。

そういう場合、社長が疑い深く越路を呼んで探りを入れるのが、たまらなくうっとうしかった。なまじ、社長から信用されているから、そういうことを聞かれるわけで、自分も疑いを持たれる側にまわった方が気が楽ではないかと思ったりした。

と言って、都筑の仕事ぶりが社にとってプラスにならなかったかというと、それどころではなく、大いなる貢献をしていた。

あの山のような原書の中から、面白いミステリを掘り出しては、彼は次々とヒットを飛ばしていた。マッギヴァーンやエド・マクベインを紹介したのも彼の力だし、イアン・フレミングの007シリーズをいち早く日本に紹介したのも彼だった。

日本の作家たちも彼には一目置いており、松本清張や有馬頼義も、彼が頼めば原稿を書いてくれた。

今では誰もが知っている、『ショート・ショート』というジャンルを、はじめてわかりやすく日本の読者に紹介したのも都筑道夫であった。それまでは、川端康成などが書いた『掌の小説』とか『掌篇小説』とか言われるジャンルはあったが、ほんの十枚足らずの中にショックやホラーを取り入れた意外性のある短篇のジャンルは日本にはなかった。

英米の作品にはそれがあることを紹介し、そういう異色作家たちの作品をEQMMで取り上げ解説したのは彼である。

そして、都筑自身もショート・ショートを書いたが、このジャンルでもっとも有名になったのは星新一であろう。彼の作品が『宝石』という推理小説誌に載ったのは、江戸川乱歩の推輓（すいばん）だという噂があったが、星の他にも、乱歩は大藪春彦にも眼をかけていると言われていた。

ショート・ショートからタフガイ・ストーリイまで、乱歩はジャンルの別なく、若い可能性を育てようという意欲があったということである。

『宝石』は日本作家の作品を載せており、EQMMとは当面競合しなかったが、一種のライバルという意識は両社にあった。特に、『ヒッチコック・マガジン』を、のちに宝石社が出すようになってから、ライバル意識は強くなった。

従って、星新一は宝石社が育てた新人であり、早川書房が彼に手を出すのは一種のタブーのように思えた。しかし、星の作品を読んで、すっかり感心した越路はひそかにEQMMに彼が書いてくれないものかとねらっていた。

そこで、越路は星の自宅を訪れ、図々しくせまってみたが、あっさりふられてしまった。ふられたものの、なんとなくウマが合い、そこからつきあいがはじまって、のちにはかなり親しくなった。

星製薬の御曹子である彼は、いかにも坊っちゃんらしい育ちの良さがあり、風貌も童顔であった。身体は大きく、そのせいかこせこせしたところのない性格ではあったが、時に、奇想天外な発想をして人を驚かした。つまりは、それが秀れたショート・ショートを産みだす源なのだが、その発想のユニークさとヌーボーとしたスケールの大きさに魅かれて、SFの作家たちが彼の周囲に集るようになった。

SFと言えば、このジャンルを育て、『SFの鬼』と怖れられたのが福島正実である。

都筑道夫がミステリおたくだとすれば、福島正実はSFおたくとも言うべき存在だった。はじめは、SFなどというジャンルは日本に存在しなかったのに、海外のSF作家を紹介し、『SFマガジン』をつくり、ついで日本のSF作家を育てたのは福島正実であった。彼に育てられたSF作家たちは、彼を尊敬しつつも、そのあまりの熱心さに閉口している趣きもあった。

都筑と福島は年齢も同じで、体型も似ているせいか、編集部内でも仲が良かった。内職原稿を盛んに書いていることでも双璧である。

いつもベレー帽をかぶり、肩を怒らせるくせのある福島は、身体は小さかったが顔が大きく、眼光が鋭かった。生真面目な性格で、あまりユーモアを解さなかったから、田村とは多少波長が合わないところがあった。いつでも一所懸命で、それがややしんどい印象を与えた。

田村と波長の合う越路は、部内でも彼らと少し距離のあるところにいた。二人とも彼の上司であり、特に福島は社歴も古かったから、敬意を払うべきなのに、越路はそんな会釈をしようとはしなかった。年が田村ほどはちがわないので、なんとなく同僚という意識で接してしまうのである。

「あーあ」

と原稿を書きながら、福島が溜息を吐いたことがある。

「おれはほんとに字が下手だなあ。こんなに字の下手なやつは他におらんだろうな」

「そんなことはありませんよ」

と越路がよけいな口をはさんだ。

「小学校へ行けば、低学年に似たようなのがいっぱいいますよ」

福島はぎろっと越路をにらんだ。

そういう憎まれ口をたたくから、越路は人に好かれるわけがなかった。引き揚げ者のせいか、本音と建前の使いわけができず、つい本音でつきあおうとしてしまう。人間関係で最高なのは『おれ、おまえ』という遠慮のないつきあいだと盲信しているふしがあった。

それで、ときどきとんでもない失敗をやらかしたが、そのおかげで本当に遠慮のない人間関係ができ上ることもあった。

佐藤春夫以外は、誰にたいしても、先生とは呼ばなかった。『さん』付けである。フリーのもの書きになってからは、その『さん』付けも省略して、友人たちの顰蹙を買った。生意気が服を着ているような男と言われた。

しかし、日頃は生意気で図々しくても、編集者であるかぎり、陽の当る場所に自分の顔を出すことは控えようと考えていた。EQMM日本版の場合、都筑自体が売りものだから、彼が名前を出すのはやむを得ないが、コラム以外に自分の名を出さないように越路は心がけていた。

穴埋めの翻訳の場合は、なるべくペンネームを使うようにしたし、社外から仕事を頼まれた場合も、本名は出さないようにしていた。彼も給料だけではやってゆけず、アルバイト原稿を書く量が次第に多くはなったが、社内の人間はそのことをあまり気づかずにいた。秘密主義ということではなく、編集部にもアルバイトができない人々がおり、また、営業部にはそういうチャンスもないことを知っていたから、自分たちだけアルバイトをしているのを、なんとなくうしろめたく思っていたのである。

編集者は粋な仕事であり、その粋っぽさを生かすには、縁の下に徹することだと思っていて、できればアルバイトなどしない方がいいと考えていたが、現実に食ってゆくには、アルバイトに手を出さざるを得なかった。

そして皮肉なことに、原稿を書けば書くほど文章がうまくなり、アマチュアからプロへと脱皮してゆく。そうなると、ますます注文が多くなって、社の仕事より他の仕事に追われ、そっちの方の稼ぎが大きくなった。

こうして、早川書房からは続々とプロのもの書きが巣立ってゆく結果になる。いみじくも田村が言ったように、オックスフォード、ケンブリッジ、エールというような名門校から、その卒業生たちがビジネスの世界へ活躍の場を求めるように、のちに早川出身のもの書きが続々世に出ることとなった。

翻訳者の顔ぶれも、どんどん新鮮になってきて、田村の知り合いの詩人たちや、都筑の発掘した新人、あるいは小説家志望の若手たちが翻訳陣に加わっていた。

その中で、特に越路が親しかったのは稲葉明雄である。彼は越路とほぼ同年齢で仏文の出身だったが、同時に英語力にも秀れ、また文章のセンスも抜群だった。

背が高くハンサムで、ちょっとアンニュイの雰囲気があり、いかにもフランス文学をやりましたという匂いをただよわせていた。

文章のセンスは抜群だが、勤勉ではなく、どっちかというと怠け者で、しかも凝り性ときているから原稿の上りは遅かった。

そこでよく越路とやり合うことになる。

越路は進行係りをやっていることから、いくら質が良くても、仕事の質より締切りを守ってくれと暴論を吐いたりした。間に合わなきゃ、いくら質が良くても、活字にはならないんだと言ったりする。稲葉も負けてはいず、いいかげんな仕事をするくらいなら、翻訳なんかするもんかという姿勢だった。

二人は喧嘩友達みたいになり、よく議論を戦わした。稲葉の翻訳の文章について、越路がこのセンテンスはおかしいと言うと、稲葉はどこがおかしいのか指摘しろと迫る。そこで原文を間にして、翻訳論になるわけだが、たいていの場合は、語学力に優る稲葉の意見が正しかった。

しかし、こうすることによって、越路も語学力や読解力を身につけ、文章のセンスも磨けることになった。

翻訳ばかりでなく、小説についても二人は論じあった。英米の作品ばかりでなく、フランスの作品や、日本の作品についても論じ合って倦むところを知らなかった。

こうして、越路はプロの作品とはなにかということを少しずつ学んでいった。文章でいうと、平明でわかりやすいということが最上で、むやみに屈折していて難解な文章を書くのは自己満足にすぎないか、自分でもなにを書くべきかわかっていないかであり、そういう文章を書くのはアマチュアにすぎないと思うようになってきた。

平明でわかりやすいと言えば、当時翻訳者としてめきめき名前を挙げてきた田中小実昌の文章がそうだった。

センテンスが短く、平明でわかりやすく、しかもテンポが良い。

当時、チンピラものと言われた、ハイティーンたちを主人公にした暴力小説がよくアメリカでヒットしていた。その中のハル・エルスンという作家が書いた短篇など、田中が訳すと生き生きとしていて、日本には今までになかった文章の切れ味があった。

他にも、ジェイムズ・M・ケインの作品などは田中とは息が合って、原作の味がそのまま読者の胸の中へずいっと入ってくるといった迫力があった。

田中小実昌――通称『コミさん』の文章は漢字が少く、片仮名の使い方が巧みであった。それで手垢（てあか）のついていない文章を構成している。

「コミさんは片仮名の使い方がうまいねえ」

と越路が感嘆したことがある。

「どうして、ああいう独得な使い方を覚えたの？」

「いや、おれは漢字を知らなくてさ」

とコミさんは照れたように首をふった。

「漢字は、カカアに教えてもらわなくちゃならないんだ。で、面倒くさいもんだから、つい片仮名で書いちまうのさ。それだけのことだよ」

しかし、越路にはそうは思えなかった。この東大哲学科を中退した人物は、いろいろと非凡なところを持っていたが翻訳ばかりでなく、自分の小説でもいずれ世に出てくると感じていた。

果して、EQMM日本版のコンテストでは、入選こそ果さなかったが、杉山喜美子とともに佳作に入り、その後作家に転ずるや、昭和五十四年の上半期、第八十一回の直木賞を受賞することになる。

しかし、当時のコミさんは、そんなことは気ぶりにも見せず、せっせと翻訳に打ちこんでいた。翻訳業の他に、アメリカの駐留軍の仕事もしていると言っていたが、その翻訳の早さは恐るべきものだった。

ほとんど、月に五百枚以上は仕上げていて、それを苦にしている様子も示さなかった。コミさんの翻訳が早い上にうまいと言うと、稲葉明雄は苦い顔をした。

そんなことを言うのはどだい無茶な話で、二人は文章の質が全くちがって、それぞれに味わいがあった。

コミさんは好奇心が強く、そのくせしつこいところはなくて、飄々（ひょうひょう）としていた。頭は禿（は）げていて、顔は丸っこく、身体全体も丸々としていた。

駐留軍に勤める前は、香具師（ヤシ）をしていたと言い、縁日には占いの屋台を張っていたと語った。そして、野太い声で香具師の口上（こうじょう）を述べ立ててみせたりした。

父親は牧師で、その影響もあって、東大の哲学科へ入ったということだが、香具師の方がよっぽど自分に合っていると思って、その道へもぐりこんだと語った。

「ところが、これがとんでもない世界でさあ。とても食えるどころの話じゃない」

とコミさんは苦笑した。

「食うや食わずの上に、寝るところもろくにない。ノミやシラミにたかられるし往生してテキ屋を飛び出したんだ」

どうも、コミさんは自分を一人前の人間ではないと、かたく思いこもうとしているふしがあった。少くとも、堅気には向かず、人の上に立つことなどとんでもないと考えている様子だった。

「軍隊でも、おれは最悪の兵隊でさあ」

と語ってくれた。

「せっかく、初年兵が来ても、でかい面（つら）ができないんだ。中隊長が初年兵に訓示をしていてさ、おまえたちは上級者に対して礼儀を重んじなければならない、なんて言ってるわけよ。でも、そのそばをおれが通ろうとすると、訓示をやめて、おれを指さし、こう言うんだ。『ただし、あの兵隊にだけは別である。あれは最悪の兵隊だから、敬礼をしなくてもよろしい』ってさ。だから、ずうっと初年兵なみの扱いなんだよ」

翻訳もうまいが、話もうまかった。

当時、東京のストリップ劇場は前をかくさなければならない条例があったが、横浜ではそんな条例はなかったらしく、前をかくさずに丸出しにしていた。

横浜に住んでいた越路が、そのことをコミさんに伝えると、彼は早速観に行ったらしかった。好色ということではなく、軽演劇からストリップに至るまで、そういう雰囲気が大好きだったらしく、のちには楽屋へも入りびたりになるというほど徹底していた。

こういうふうに、なにごとにつけても好奇心が旺盛だったことが、のちの田中小実昌の世界を創り上げる上で、大いに肥しになったことは間ちがいない。

かくして、編集者もプロのもの書きになって巣立ってゆき、翻訳者も小説家に転向するといったぐあいで、早川書房はその前の修業の場になりつつあった。

その意味では、早川書房は大きな役割りを果したわけだが、もちろん、それは意図されてそうなったのではなく、貧苦から脱皮するためにそれぞれがもがいているうちに、自然にそういう形になってしまったのである。

まず、はじめに越路の周辺から姿を消したのは、目白里子であった。

むろん、彼女はもの書きになったわけではなく、一身上の都合から辞めただけだった。それも、彼女が妻子ある男性と不倫の関係になったので、辞めざるを得なくなったということがわかった。

いきなり、彼女の姿がなくなり、仕事上で支障を来しているときにそう言われて、越路は激怒した。

彼女は唯一のアシスタントである。その彼女を自分になんの相談もなく、辞めさせるとはなにごとかと思った。

だいたい、堅気の商売じゃあるまいに不倫ぐらいなんだという気分もあった。越路はその怒りを田村にぶつけた。

「おまえさん、あの娘に惚れていたんじゃあるまいな」

と田村はニヤニヤした。

「それで怒っているのかえ」

「冗談じゃない」

越路はますます憤然とした。

「ぼくは仕事上彼女が必要だから、文句を言っているんです。それとも、すぐに彼女の代りをみつけてくれますか？　それなら、文句をひっこめてもいいですがね」

「そいつはむりだろうなあ」

田村は天を仰いで、大げさに溜息を吐いてみせた。

「これだけいれば、ここがどんなところか、おまえさんにもわかってきただろう。ファッツがそんなことをしてくれるもんか。ま、おまえさんが当分かぶるしかないよ」

「ひでぇ」

　越路は泣きそうになった。

「今だって、残業残業で苦労しているんですぜ。それが倍になる。ぼくはとてもやっていられませんよ」

「そういきり立つな」

　田村は例によって、ゆらゆらと右手を大きくふった。

「しばらく我慢してくれ。そのうちに、なんとかするから」

　しかし、田村のなんとかするが、当てになったためしはなかった。


『ハヤカワ・ポケット・ミステリ・シリーズ』は、むろん、最初の頃は古典とも言える、本格推理小説を出していたが、そういう作品は版権がないことから、他社も出しており、あまり多くの部数は出せなかった。

　ポケット・ミステリの売れ行きが良くなったのは、他社では出していない作品を、版権を買い取って出版するようになってからである。

　当時から、ようやく日本も海外の著作権を買い取る習慣ができてきたが、それまではほとんど海賊版とも言うべき翻訳物が多かった。しかし、版権を買い取っても、それを独占して出版した方が利益が上るとわかって、次第にそういう慣習がつき、同時に海外の新作がすぐに日本でも出版されるようになった。

最初はクイーン、クリスティ、ヴァン・ダイン、カーといった本格ものが多かったが、E・S・ガードナーやミッキイ・スピレーンが売れ筋になってきた。

本格偏重から脱し、いろんなジャンルのミステリが生れ、それが推理小説界を再生させたのだが、こういう海外の流れを受けて、日本でもいろんなジャンルのミステリを翻訳出版することによって、読者を増やしていった。エド・マクベインの警察小説のシリーズやイアン・フレミングの007シリーズは早川書房のドル箱となった。

編集部では、この種の面白い作品は売れるに決っているし、売るしかないじゃないかと思っていた。つまり、大宣伝をすれば必らず売れるという自信があったのである。

ところが、宣伝費というものはコストがはっきりわかるので、社長は大金を使ってまでリスクを背負うことはないと考えている様子だった。編集部がどんなに説得しても、通称三八(さんや)つ――三段八つ切りの新聞広告しか出そうとしなかった。

三八つを読む読者こそ本好きで、そこへ広告すれば確実だという持論であり、その説に一理はあったが、売れ筋のものはもっと大きく派手に宣伝してもらいたいというのが編集部の願いだった。そうしないと、せっかくの売れ筋のチャンスを逃してしまう。

げんに、イアン・フレミングの007シリーズがドル箱になったのも、映画が大当りし、それに便乗して本が売れるようになってからで、早川書房が独自の宣伝で売れ筋に仕上げたとは言いがたかった。

こういうドル箱をつくり上げたのは、都筑道夫のセレクションによるものだが、新刊の目安になるのは、ニューヨーク・タイムズ紙のコラムであった。ここにアンソニイ・バウチャーが『犯人ただ今逃亡中』というコラムを書いており、ユニークなタッチで、次々と新刊ミステリを紹介していた。

編集部はこれを目安に、次に版権を取得し、翻訳出版する作品を決めていた。ダシェル・ハメット、レイモンド・チャンドラー、ロス・マクドナルドの三者をハードボイルド・スクールと名付けたのもバウチャーである。

このようにして翻訳ミステリのジャンルは広がり、日本の読者も増えていった。その読者の中に、のちになって若手推理作家として活躍する人々がおり、彼らは海外の作品を学ぶことによって、自分の身に合った新しい推理小説を開拓しようという意欲をみなぎらせていた。

ポケット・ミステリが売れてくるにつれて、早川書房の利益も上ってきたらしく、社屋を新しくすることになった。

それまでの路地裏の仕舞た屋風の家に変って、通りに面したかなり大きな社屋を新築した。一階は倉庫と受け付けになっており、階段を登ると、応接室があり、さらに営業部と編集部の部屋がつづく。営業部の端に社長のデスクがあって、その前を通らなければ、編集室へは行けない仕組みになっているのは、旧社屋と同じようなものであった。なにはともあれ、それまでは八畳一間ほどしかなく、鼻を突き合わせるようにして仕事をしなければならなかったのが、数倍ほどの広さになって、越路たちは清々した気分を味わった。

今まで机の上に山積みになっていた原書も、編集室の壁全部が新しい書棚になったので、そこへ片づけることができた。それでようやく会社らしくなった。

毎朝、社長の前を通らねばならず、そのたびに遅刻の言い訳を考えるのは相変らずであったが、新社屋に移ってからは、社全体が活き活きとしてきた。

ただし、給料はさして上らず、残業代も出なかった。経費も相変らずしぶく、神戸にいる陳舜臣のところへ越路が電話をしていたとき、いきなり社長に眼の前に砂時計をつきつけられたのには呆気(あっけ)に取られた。

それは三分間の砂時計で、要するに、長距離に電話するときには、その砂時計の範囲にしろという指示だった。

越路はカッとなって、また田村に文句を言いに行った。

「これじゃ、仕事はできませんね」

といきさつを話した。

「ぼくは私用の電話をかけていたわけじゃない。しかも、陳さんは売れっ子で、うちの社なんかが原稿を頼んでも、なかなか書いてもらえない忙しさなんです。その中に割りこんで、なんとか原稿がもらえそうな所まで漕ぎつけたのに、砂時計とはなんですか。社長は仕事をするなと言うんですかね。陳さんのような長距離にいる人とは仕事をするなと言うんなら、こっちもしませんよ。苦労を評価するどころか妨害する気なら、ぼくはこの仕事から下ります。あとの交渉は田村さんか社長がやったらいいでしょう」

「ま、そう言うな」

田村はまたかという顔つきをした。

「そんなことにいろいろ腹を立てていたら、ここじゃやっていけないぐらい、おまえさんだってわかるだろう。わかったよ、おまえさんの言い分は社長に取り次いで、なんとか仕事のしやすいようにする。ファッツだって、おまえさんがそういう努力をしていることは認めている。越路はよくやるとおれに言っていたぐらいだ。きみを社長は買っているんだ。買ってはいるが、ああいう性格だから、つい余計なことに口を出すんだろう。あのケチはもう身に沁みこんじまっている。前の会社が倒産したときに、金についていろいろ苦労したことが、第二の天性となり、ケチに結びついているんだ。わかってやれよ」

そんなこと、なんでおれがわからねばならないのかと越路は思っていた。社長が以前に鉄工場を経営し、それに失敗したので出版業をはじめたということは噂に聞いていた。出版業をはじめたものの、はじめはなかなかうまくゆかず、持っていた土地を手放さなければならなかったことも知っていた。

ボーナスの時期になると、その手放した土地が、今どれほど値上りしているかを口にしたりする。要するに、損をした分を取りもどしていないのだから、社としては、ボーナスを余分に出すゆとりはないのだと言わんばかりなのだが、越路は納得しがたかった。

以前のことは自分たちは知らない。出版業をやりはじめてもうかったのなら、それは今の社員の力なのだから、それ相応のボーナスを出すべきではないかと思って田村に言うのだが、田村は首をふった。

「おまえさんは甘い。人間というものは、そんなにセオリイどおりに動くもんじゃない。いや、われわれとファッツは、およそ人生観がちがうんだ。そこのところが、おまえさんはまだ青いんだな。世の中にはいろんなタイプの人間がいる。ファッツのような人間もいるんだ。そのことをようく勉強したまえ」

そんなことを言われたって、越路の若さでは社長の性格は理解を越えていた。

のちに同じ編集者上りの吉行淳之介に、このことを語ると、吉行はニヤニヤしながら、こう言った。

「いや、おまえのところなんか、まだましだぜ。うちの社なんか『三世社』と言ったんだ。どういう意味かわかるか？　親子は一世、夫婦は二世、主従は三世と言うだろう。だから、

『三世社』なんだよ。つまり、社長と社員は主従なんだな」

　吉行の勤めていた出版社の社長は、以前は紙の関係の会社をやっていたという。戦後、紙が不足していた時代、印刷さえしてあればなんでも飛ぶように売れた時代があった。そこで紙屋であった社長は出版業をはじめたと言う。

「けっこう景気の良いときがあってね」

　と吉行は語った。

「中古ではあったが、社長がキャデラックを買ったんだな。それで、それに乗っているときだけ『ハロー』っていうんだ。英語なんてちっとも知らない人物がだぜ。そんなところにいたんだから、苦労も多かったが、考えてみると妙な時代さ。今になってみれば、面白くもあるな。戦後はそういう得体の知れない人物が、いろんなことに手を出していたんだ。無秩序で荒っぽくはあるが、面白い人物が横行していた。あれが戦後というものだったのかもしれん。その中では、おまえのところの社長なんて、ごくまともな方だぜ」

　そんなものかなあと思って、吉行の顔を見ていると、なんとなく雰囲気が田村に似ているような気がした。

　吉行と田村のちがいは、表にあらわさないが、吉行は実は気配りが細く、勤勉であるのに対して、田村はずぼらで怠け者という点だった。

色やら恋やら

例によって、田村隆一が出張校正室へ、手伝いと称して、やってきたときのことである。印刷所の出張校正室は六畳ほどの畳敷きだった。その畳の上に手枕でごろりと横になり、テレビを観ていた。

越路は当てにしていないから、せっせと校正をしている。そのとき、田村がいきなり言った。

「おい、おれは辞めようと思うんだ」

「え?」

越路はびっくりして、朱筆を停め、田村の方を見やった。

「今、辞めるって言いましたか? 辞めるっていうのは、社を辞めるってことですか?」

「そうだよ」

田村はむくっと起き上った。

「辞めるとすりゃ、社を辞めるしかないじゃないか。ヘンなことを訊くね、おまえは」

「でも、ぼくは田村さんが辞めるとは思わなかったな」

越路はまじまじと田村の顔をみつめた。

「ぼくが辞めることはあっても、田村さんが辞めることはないと思っていた」

「なにを言っているんだ」

田村は顎を撫でた。

「おまえさんは、まだ入社してからいくらも経っていないじゃないか。おれはそろそろ辞めてもいいくらい務めてきた。ポケット・ミステリ・シリーズも軌道に乗ってきたし、EQMMも発刊して順調だ。スタッフも優秀なのが揃ってきた。もうおれは要らないんじゃないかと思ってね」

「そんなことはないですよ」

越路はむきになった。

今、田村に辞められてたまるかと思った。毎日、貧苦にまみれながらこき使われて、重苦しい日々を過している。厚い雲におおわれた空の下で、唯一陽光が射しているところといえば、田村隆一の存在だった。

田村がいたから救いにもなったし、励みにもなった。社長のむっつりした顔を見るのはうんざりだったが、田村の顔を見ると、社へ出てきてよかったと思った。

「田村さんが居てくれなくちゃ、早川はおしまいですよ。おれも辞めたくなっちまうな」

「おいおい、短気を起すな」

　と田村は苦笑した。

「おまえさんが辞めるのは早すぎる。辞めるといったって、別に社と全く縁がなくなるわけじゃない。顧問といった形で、社長はいくらか給料をくれるらしい。それに翻訳の仕事もあるしな。しかし、ずっと社に縛られるのはしんどいんだ。時間的に自由がないというのもしんどいし、第一、おれがいてもあまり役に立たん。そう考えながら、社に顔だけ出しているのもしんどい」

「顔だけ出してくれるだけでも助かるんだがなあ」

　と越路は溜息を吐いた。

「田村さんのいない早川なんて闇ですよ」

「大げさなことを言うな」

　田村は越路の肩をたたいた。

「そんなことを言ってくれるのはおまえさんだけだ。ハヤカワ・ミステリの基礎をおれはなんとかつくった。それで満足だし、あとは福島くんや都筑くん、それにきみに任せておけば大丈夫だ。むしろ、おれは邪魔なのさ。早川は若くて生きのいいのが集っているところがいい。おれはもう老兵なんだよ。老兵はただ消え去るのみさ」

「老兵ったって、まだ若いじゃないですか」

と越路は納得しがたかった。なにか寂しくてたまらなかった。

「まだ、四十にもならないのに、そんなことを言うのはおかしいですよ」

「早川の良いところは、二十代から三十代のはじめが集っているところさ。その連中がおたがい競争しながら伸びてゆく。おれはいつも言っているだろう。ここは名門私立大学だって。そうやって腕を磨き、やがて世に出て行くんだ。四十になってからでは間に合わんのだよ。つまり、おれは卒業するわけだ。いつまでも卒業できないんでは情けない。な、おれを卒業させろ」

田村は越路の顔をさし覗いた。

「おれだって自由になって、好きな仕事をしたいんだ。その気持ちはわかるだろう？」

（それはそうだ）

と越路は思った。

（この人はすばらしい感性と才能を備えた詩人だ。たしかに早川に埋れさせておくのは勿体ない。自由に奔放に詩を書かせたら、どんなに凄い詩人になるかもしれない）

そう思いながら、口では逆のことを言っていた。

「田村さんが自由になったら詩を書けるとは思わないな。なにせ、怠け者だからな。怠け者が詩人の特権だと思っているところがある。詩人ってそんなにえらい者なんですかね」

田村に去られる辛さのあまり出たイヤ味だった。口にしてから、自分でもはっとした。

「社にいたって、詩は書けるじゃないですか。書こうと思わないで、それを言い訳にしているから書けないんでしょう」

「えらいことを言うな」

田村は眼を丸くしてみせた。

「たしかにきみの言うとおりだ。おれは怠け者に見えるだろう。だが、これでも内心はなかなかに勤勉だし、観るべきところは観ているつもりだ。そうでなくては、今のハヤカワ・ポケットはできなかったし、ＥＱＭＭの発刊もなかった」

「いや、田村さんに才能がないと言っているわけじゃないんです」

と越路はあわててつけ加えた。

「才能もあり具眼の士だから、社に残ってもらいたいんですよ。田村さんのために、ぼくは働いてきたようなものなんだから、ぼくのためにもう少し残って下さい」

「おまえさんはもう一人前さ」

田村はカッカッカと笑った。

「おれが言うんだから間ちがいない。あとは嫁さんをもらうだけだな。ところで、おれの下訳をやってくれている娘に良いのがいるんだ。杉山喜美子というんだが、その娘が社へやってきたとき、おまえさんを見初めたらしいぜ」

「なにを言っているんですか」

と越路は首をふった。また、田村の韜晦がはじまったと思ったのである。あまり生真面目な話になると、照れくさくなるのか、いきなり妙な別の話題を持ち出す。

「ぼくなんか結婚には早すぎますよ。第一この社へ入れば、結婚なんかできないって言ったのは田村さんじゃないですか」

「いや、その娘はジャパン・タイムズに勤めていて、仲々の才媛なんだ。共稼ぎなら充分やっていけるよ。ちょっと生意気っぽいところもあるし、向うっ気も強いが、根はすごく良い娘だぜ。ちょっと生意気で向うっ気が強いところはおまえさんに似ているから、似たもの夫婦でいいんじゃないのかなあ」

「まだ、バカなことを言っている」

越路は本気にしようもなかった。

「半人前の稼ぎのぼくに、そんなことむりですよ」

「だから、半人前ずつで一世帯というのは良いと思うんだがなあ」

田村は満更冗談でもない顔つきだった。

「あの娘はおれに言ったんだ。仲を取り持ってくれれば三十万ぐらい出してもいいって。頼むよ、三十万だぜ、おれにもうけさせてくれよ」

「また、これだ」

田村自身は離婚したが、また結婚した。そのときに、大もうけをするんだと言って、桂文楽や森繁久彌を呼び、かなり派手な披露宴を行った。こういう披露宴を張れば、招待客が莫大な祝儀をはずんでくれるだろうという目論見だった。

越路も受け付けをやって、その盛大さに眼を見張ったものだが、あとで聞くと、田村が考えていたような大もうけなどできるわけがなく、むしろ、持ち出しになったらしかった。だから、今、田村の話を聞いて、またその口のもうけ話だと思ったのである。

「それより、田村さん、本当に辞めるつもりなら、これを見て下さい」

そう言って、越路は卓上にあった原稿用紙に戯れ歌を記した。

『早川の流れは清し、水澄みて、底のケチめが顔をミステリ』

一読して、田村は大笑した。

「こりゃあ良い。ベリイ・グッド」

と言いながら、その原稿用紙をふところにしまいこんだ。

「気に入ったよ。こいつは記念にもらっておくぜ。辞めてもおまえさんのことは忘れないよ」

瓢簞から駒と言うべきか、田村が去ってから、越路はひょんなことから、杉山喜美子と恋仲になった。

田村が大げさに、喜美子が越路を見初めていると言ったことが、うぬぼれ屋の彼の頭のどこかにしみついていたのかもしれなかった。田村の使いで社にやってくる喜美子と、いつとなく話をするようになった。

彼女は高校出だが、英語の学力が秀れていて、ジャパン・タイムズに勤め、歌舞伎が大好きなところから、英米人向きの歌舞伎のパンフレットの編集にもたずさわっていた。その他に彼女の大好きなものと言えば、ミステリと宝塚である。

ミステリ作家の中では、特にレイモンド・チャンドラーのファンで、ぞっこん惚(ほ)れぬいていると言ってもよかった。

越路もチャンドラーのファンだから、その辺の話は合ったが、越路は歌舞伎と宝塚は苦手だった。個性よりも家柄という日本的な伝統に、引き揚げ者の彼は反撥(はんぱつ)を覚えていたし、宝塚はお嬢さまの集りにすぎないと思っていた。ミステリに関してだけは、喜美子のユニークな批評眼に感心していた。

しかし、はじめは彼女にあまり好感を持てなかった。田村が言ったとおり、彼女はちょっと生意気で、向うっ気の強いところがある。東京生れで、江戸っ子を鼻にかけるところもあった。

越路の方も生意気だから、かえって彼女の生意気さについてゆけない気分になる。だから、関心を持ちながらも、こういう女は真平(まっぴら)だなと思っていた。第一、彼は田村にも言ったとおり、自分が結婚できるなどと夢にも思っていなかった。

彼が一日に使える金は百円である。しかし、煙草(たばこ)を買い、昼飯を食うと、もう百円は飛んでしまった。

その頃のパチンコは手動式で、一発一発指ではじかねばならなかったが、そのパチンコで煙草を稼ぐのに必死の思いだった。

夏は冷房などなく、冬は暖房はない。しかも立ちっぱなしで玉をはじきつづけるのである。三時間ほども玉をはじくとへとへとになった。それで煙草を十箱も取れれば天下を取ったような気分になるのだった。

そのかわり、二百円も使い果すと、この世の地獄を見た思いになる。一日に千円稼ぐことは越路にとって、本当に夢だった。

そんな生活をしながら、結婚などできるはずがなかった。一日に百円として、一ヵ月に三千円。七千円の月給から交通費を自分で払えば三千円も手許に残らない。その中から、洋服代その他を捻出(ねんしゅつ)しなければならなかった。それでも、家から通っているから、なんとかやっていける。

自分で食ってゆくなんて、早川にいるかぎり思いもよらないと思っていた。従って、結婚はどう考えてもむりである。

セックスの処理は、もっぱら赤線や青線ですましていた。横浜のプータロウと言われる日やとい人夫たちを相手にする娼婦は二百五十円ぐらいだった。プータロウはニコヨンとも言い、日給二百四十円だったから、それでも日給の上を行く金額である。女と寝ると、一日なにも食えないということになる。

越路も似たような身分だが、さすがに二百五十円の娼婦は買う気にならず、五百円ぐらいの青線に通っていた。赤線はもっと高く、千円以上になり、一晩泊ると三千円はかかった。もちろん、越路にはそんな豪勢な遊びは高嶺の花だった。

同じような安月給の友人の中には、五百円を額に貼りつけて、マスターベーションをするというのがいた。女を買いに行っても、五百円ぐらいならいい思いをさせてもらえるわけがなく、さっさとすませて帰んなと言わんばかりである。

それでも行くまでは、頭に血が昇っていて、五百円は惜しくないと思っている。しかし、排泄が終ると、急になにもかも虚しくなる。どうやら、牡というものは、そういうはかない性であるらしい。

そこで、その虚しい思いをするくらいなら、五百円を額に貼りつけてマスをかいた方がましだというのである。

二年経ち、三年経つうちに月給も上ってきて、アルバイト料もそこそこ入ってきたが、越路は結婚するつもりにはなれなかった。

それまでに、彼にガールフレンドがいなかったというわけではなく、そのガールフレンドたちとデイトをしたり、ラブ・ホテルへしけこんだりしていた。

ホテル代が心細く、公園の暗いところを物色して、ひたすら歩きまわったこともある。そんなとき、警官に声をかけられてぎょっとした。なにを言われたかわからず、身がまえて、なんですかと問い返すと、警官はニヤリと笑って答えた。

「いい月ですねえ」

またあるときは、公園の大木に彼女をもたせかけ、キスしながらスカートをめくり上げようとしたら、いきなり、眼の前に男の顔があらわれたこともあった。

いわゆる覗きというやつで、公園のアベックを狙っては盗み見しようとする。その大胆なやつと顔をばったり合わせたのだった。

「野郎っ！」

と越路が思わず怒鳴ると、覗き魔はあわてて首をひっこめ逃げていったが、越路の相手もびっくりしてスカートを下ろしてしまった。とにかく、愛だの恋だのと言っているゆとりはなく、ただ欲望のはけ口として女を求めていた。

だから、杉山喜美子と親しくなっても、結婚の相手とは考えなかった。ちょっと生意気な文学少女――というより、ミステリ少女を相手に話を楽しむという程度だった。

彼女は向うっ気が強いくせに、越路の前に出ると、妙に素直だった。はったりを含めて、越路がきみは現代文学の読み方が足りないと言ったりすると、なにを読めばいいか教えを乞うたりした。

江戸っ子なんていうが、東京なんて所詮田舎で、日本人自体が閉鎖的な島国根性を持っていると言っても、怒らずうなずいたりしていた。

のちに、彼女は大酒を呑むようになるのだが、田村のような呑み助と一緒のときは呑んでいるにしても下戸の越路とつきあうときは、呑もうとはしなかった。

越路が江戸っ子に反感を持ったのは、はじめ、越路も落語に出てくる職人のようなのが江戸っ子だと思っていたのが、社長のケチっぷりを見ているうちに、だんだん疑いが生じてきたからだった。宵越しの銭は持たないという気っ風の良さが江戸っ子のイメージだったのに、長距離電話をかけるたびに砂時計が出てくるのを見て、ほとほと愛想が尽きた。社長は神田生れのチャキチャキの江戸っ子のはずなのである。

それから、さまざまな江戸っ子や東京っ子を見てきたが、気っ風の良いのは半分だと思い知った。つまり、どこの土地の生れでも、気っ風の良いのと悪いのとがいるということで、東京生れが自慢するほどのことではない。粋と称するのは、一ローカルのルールであって、それをこれ見よがしにされると泥臭いだけである。

それより、越路には港町である横浜の気っ風の方がずっと好ましく思われた。

越路が杉山喜美子と、特に親しくなったのは、彼女がＥＱＭＭのコンテストに応募し佳作に入ってからだった。

彼女は向うっ気が強いくせに、劣等感の強い反面を持ち合わせていた。むしろ、その劣等感を人に見せないために、突っ張ってみせるということがあった。

劣等感の方は、自分が勉強ができるのにもかかわらず、大学へ行けなかったことや、自分を不美人だと思いこんでいたことなどである。

たしかに美人ではないにせよ、コンプレックスを抱くほどの不美人ではない。大学に行かなくとも、彼女は独学で英語をマスターするほど優秀であり、小説を書く才能もあった。そのことを越路は強調して、彼女の劣等感を取り除いてやり、彼女の才気を評価したわけだが、それは恋愛感情からではなかった。

正当に評価されるべきものが評価されていないことを、越路は彼女に指摘し、その評価しない人間は他人ではなく、自分自身ではないかと言った。

越路の言葉に、彼女は大いに感激し、一層彼に好意を抱くようになったらしかった。

二人はよく喫茶店へ行き、いろんな話をしたが、彼女が好きなのはチャンドラーを中心とした話であり、都会的なセンスの話であった。

越路は大学時代から同人誌の仲間と、よく文学談義を交してきたが、彼女にはそういう経験がなく、そういう話をすることに新鮮な歓びを感じたようだった。

越路はまた編集者として、彼女の才気の伸び筋を指摘した。彼女にはあきらかに、他の人間にはないユニークさがあり、表現力も独得なものを持っていた。

だが、劣等感から、それらはなんの価値もないと思いがちで、迷い切っていたのを、越路は自信を持つべきだと力づけた。

そういう越路の行為が、彼女の心にある種の熱気を伝えたのかもしれなかった。劣等感が強いだけに、彼女はなによりも越路に励まされることを喜んだ。

そして、越路の前では素直に自分をみつめることができるようだった。

こうして、二人は親しくなったが、越路の方に恋愛感情が芽生えたというわけではなかった。才能のある友人を持つことは、男女を問わず楽しいことであり、自分の言うことに熱心に耳を傾けてくれる相手のいることは、若い間には、自己陶酔にひたることができるものである。

越路にとって、喜美子はそういうガールフレンドであり、妹分のようなものでもあった。従って、情欲の対象にもならなかった。いくら親しくなっても、寝たいと思う相手ではなかった。

越路の初恋の相手は、高校生のときで、大学時代まで続いたが、そこであっさりふられてしまった。彼は大いに傷つき、雨の降る坂道をずぶ濡れになりながら、泣き泣きよろよろと登ったりしたが、それは相手を本当に愛していたからか、それとも自己愛に溺(おぼ)れていたせいか見当もつかないような恋愛体験であった。

そして、自分では死ぬほどに思いつめていたはずの恋愛感情が月日とともに軽々とうすれてゆくのを感じ、人間というものは信用できないと思ったりした。

どんな愛憎も歳月とともに消えてゆくし、消えてゆかなければ、人間というものは生きてゆけないようにできている。

ふられたことによって、彼は恋愛感情不信に陥った。さらに、大学時代に、愛してもいない女子学生とふとしたきっかけでキスをしてしまい、そのあとで、自分は愛していなかったと告白し、つきあいはやめようと申し出たら、逆に脅かされ、ラブ・ホテルへ連れて行かれて寝る羽目になった。

そのあげく妊娠したと告げられ、泣くような思いで相手を説得し、友人から金を借り集めて堕してもらうことができた。

女と別れねばならぬはずのときに、助平心を出してとんだことになったわけで、越路はそんな自分にほとほと嫌気がさした。

そういう経験から、女には自信がなかった。助平心で惚れているのか、それとも恋愛なのか、自分の身の処し方にも自信がないから、女性に対してなんとなくあやふやなところがあった。

だから、喜美子とのつきあい方もあいまいなままであったのだが、男には寝たい好みの女というのがいて、そういう相手とはただ肉体的な交りだけを求める。一方、寝なくてもいいが、恋愛感情がないわけではないという相手もいる。

越路にとって、喜美子はどうも後者のタイプらしかった。彼女とはお茶を飲み話をするだけで、公園の暗がりへ連れこもうとか、ラブ・ホテルへ誘うという欲望は湧いてこなかった。

そういう関係がずっと続いたので、それこそ江戸っ子の喜美子はジレてしまった。

「あなたはやっぱり、あたしのことを、不美人だと思っているんでしょう」

と、ある日いきなり言った。

「だから、あたしを好きだと言ってくれないんじゃないの」

越路は彼女が決して不美人だとは思っていないと言ったが、さりとて、ものすごい美人だと思っているわけではない。

その辺の心境を説明するのはむずかしかった。少くとも、最初は生意気そうな女で、とても自分のタイプではないと思っていたのが、だんだん好もしく思われてきたのはたしかだった。

しかし、そういうことどもをきちんと説明できるほどの甲斐性(かいしょう)は越路にはなかった。若いということもあるが、日頃、生意気でわかったようなことを言っているわりには、自分のことに関しては全くわかっていなかった。

「嫌いじゃなかったら、結婚してよ」

と喜美子にずばりと切り出されたときには、へどもどしてしまった。

早川の給料で結婚できるわけがないじゃないかというようなことを言うと、喜美子はきっぱりと首をふった。

「大丈夫よ。できるわよ。あたしの月給とあなたの月給で立派にやりくりしてみせるわ」

「ふうむ」

越路はまじまじと喜美子の顔をみつめるだけだった。そう言われると、なんだかできそうな気もしてきた。

結婚というものは実際的なもので、惚れたはれたでするものではないというような気分もあった。あまり惚れすぎていると、手痛いしっぺ返しを食うことは初恋でわかっていたから、恋愛感情はほどほどの方がいいのかという思いもあった。

とすれば、喜美子はまことに理想的な相手ではある。話は合うし、楽しく暮せるだろうと思った。

それに結婚生活が可能だと、彼女がバカに自信ありげに言うものだから、彼もやってやれないことはないかなと思った。

その頃は、越路も早川に三年も勤めていて、月給も一万を越えていたし、喜美子の給料はそれ以上だった。二人合わせれば三万に近くなり、それぐらいで結婚生活をしているのはいくらでもいた。

越路もいくらなんでも、もう親がかりではいられない年である。なんとか独立はしたいと思っていた。

「じゃあ、やってみるか」

と甚だ頼りのない答をした。

「そのかわり、おれときみは共稼ぎだ。それでいいんだな」

「もちろんよ」

喜美子は幸せそうな顔をした。

「あたしに任せておいてちょうだい」

「それから、もうひとつ条件がある」

と越路は言った。

「おれと結婚したら、小説を書くのはあきらめてくれ。おれは仕事で毎日原稿を読んだり書いたりしなければならない。だから、家へ帰ってまで女房が原稿を書いている姿を見たくないんだ」

喜美子はうつむいてしまった。幸せそうだった表情が翳った。だが、しばらくしてきっと顔を上げた。

「いいわ。あなたがそう言うのなら、あたし、小説を書くのはあきらめる。あなたがそんなことを言うってことは、あたしには小説を書く才能がないってことなんでしょうから」

「いや、きみに才能がないとは思っていないよ」

と越路は思いやりをこめて言った。もっとも、その言葉が彼女にとって、どんなに残酷かということに、この男、気づいていない。

「むしろ、才能はあると思っている。きみはおれと結婚しなければ、小説を書いて食ってゆけるだろう。編集者のおれが言うんだから間ちがいない。きっと、きみには人に書けないものが書ける。それを承知で言っているんだ。どんなに才能があるにせよ、所詮小説は小説だ。小説はプロの書くものだとおれは近頃考えるようになってきた。なまじ、アマチュアっぽく純文学なんて考えるんなら、小説なんて書かん方がいい。きみの才能はそういう才能ではない。小説家になりたいんなら、二足のワラジなんて考えずに──つまり、結婚なんて考えずに、背水の陣で小説を書くべきだと思うな」

「そうね」

と彼女はうなずいた。

「あたし、小説は書きたいけど、それほどの決意はないわね。あたしが書いてもアマチュアのお遊びだし、そういうお遊びのしゃれた小説を書きたいんだもの」

「きみがプロになれないとすれば、そういうことがしゃれていると思っていることだよ」

と越路は辛辣（しんらつ）に言った。

「自分が書きたいことがわかっていて、それに合ったスタイルで小説を書き、はじめからプロとしてスタートしなければ、マスターベーションに陥るだけだ。そういう文学青年や文学少女のたぐいはごまんといるが、所詮はプロのもの書きにはなれない。自己陶酔と自己中毒の間をうろうろしているだけだ。多分、きみはそんなタイプじゃないプロのもの書きになれる素質はあるだろうが、おれと結婚したら、あきらめてもらわなくてはならない。おれのわがままだと百も承知だが、おれは家の中でカミさんが原稿を書く姿を見たくない」

「じゃあ、あなたはどうするの？」

と喜美子は訊いた。

「あなたも家の中へ原稿を持ちこまない？」

「それはむりだろう」

と越路は首をふった。

「おれがアルバイトの原稿を書かなければ、ゆとりがない生活になってしまう。会社でアルバイトをしてはならない決りだから、おれは原稿を家で書くしかない。だからこそ、なおさら家できみに原稿を書いてもらいたくないんだ。二人で原稿を書いていたひにはおれの神経が参ってしまう」

「でも、二人で作家をしている夫婦もあるじゃない」

喜美子はじっと越路をみつめた。

「ああいうのが、あたしは理想だと思うんだけどなあ」

「おれはご免だ」

と越路はにべもなく言った。

「社で原稿を見、帰って書き、しかも眼の前でも女房が書いているなんて地獄だ。おれはそんな生活はしたくない。そういう生活がしたいんなら、きみは別の相手を選ぶべきだ。ひょっとしたら、その方がきみの幸せになるかもしれん。おれは亭主として、最悪の部類になるような気がする」

喜美子はほっと大きな溜息をもらした。

「わかったわ、あなたの言うとおりにします。だから、結婚してちょうだい。いいわね」

いいわねと念を押されて、果して、自分に結婚の資格があるのか、なにより、彼女を幸せにすることができるのか、全く自信はなかったが、越路はうなずいた。

そう答えてしまうと、なんだか浮き浮きした気分になってきたのも若気の至りである。

越路が二十六、喜美子が二十五のときに、二人は結婚した。田村に仲人を頼むべきだったのだろうが、彼はもう社を辞めていたので、社長に仲人をお願いすることにした。

結婚式の前夜、十一時すぎまで越路は印刷所に詰めていて、仕事のことで頭が一杯であり、とても新婚気分にはなれなかった。

十二時すぎに、横浜の自宅へ帰り、明日の結婚式のことを考えたが、どうも自信がなかった。自分という男は、女性を幸せにできず、不幸にしてしまうのではないかという予感があった。

喜美子に惚れているかと自分に問いかければ、惚れてはいるようだが、死ぬほど思いつめているほどではない。

一方、喜美子の方には、かなり思いつめている気配があった。それが重苦しい気分にさせた。結婚というものは、相思相愛が理想なのだろうが、どうも喜美子ほどの愛の分量を自分が持っているかとなると、その辺が怪しげに思えた。

そんな怪しげな思いで結婚してしまう自分が不誠実でもあり、不謹慎でもあるような気がして、越路は落ち着かなかった。

しかし、現実的には相思相愛でない夫婦も沢山(たくさん)おり、当時は見合い結婚の方がふつうだったから、愛の相対性などとむずかしいことを考える必要もないのではないかとも考えられた。

結局、悶々(もんもん)としているうちに一夜明け、越路は式場に臨んだ。新妻の喜美子の方は嬉々としてウエディング・ドレスに身を固めていた。

式は型どおりに終り、二人はめでたく夫婦となった。

こうして、越路はようやく親がかりの身から脱し、公団住宅に喜美子とともに新居をかまえた。保土ヶ谷にある、その公団住宅は、当時、東京タイムズの記者で、越路とは中学高校の同期、早稲田でも同じ文学部で同人誌の仲間である青木雨彦が駆けまわって、用意してくれた新居であった。

その新居から社へ通うには、前の自宅と同じくらいの時間がかかったが、越路はなんとなく楽しい気分だった。朝、喜美子の方が早く出社してしまうが、朝食の用意と、弁当をこしらえてくれてあった。その弁当を持って社へ出かけ、昼になって蓋を開けてみると、ハートの形にふりかけがかかっていたりして、彼はまわりにみつからないよう、あわてて蓋を閉めた。

たしかに、喜美子は越路を愛してくれていたようだし、越路もまんざらではなかった。

しかし、一年ほどすると、喜美子は会社を辞めてしまった。

「どうしたんだ？」

と越路はなじった。

「共稼ぎという約束じゃないか」

「でも、疲れるんですもの」

と喜美子は顔を曇らせた。

「朝早く出て、仕事が忙しく、しかも、帰ってきて家事をやるのは、とてもしんどいの。あたしも一所懸命やってきたけど、とてもむりだわ」

そう言われてみると、彼女の疲労は濃いようだった。越路の方も社の仕事ばかりでなく、アルバイトの方も忙しくなって、朝から晩まで働いている。

その疲労を家庭でいやすには、やはり、喜美子が家にいてくれる方が楽ではあった。

「あなたもアルバイトで大分お金が入ってくるようになったから、共稼ぎでなくてもいいんじゃないかしら」

と彼女は言った。

「あなたの月給とアルバイト分だけで、家計はまかなえるのに、あたしが社へ出ているのは無駄なような気がするわ」

「しかし、疲れるのは、はじめからわかっていたことだぜ」

と越路はむっとした。

「それを覚悟で結婚できると言ったのは誰だ。もし、おれがアルバイトできなかったら、どうするつもりだったんだ」

「そのときは、下訳をすればいいと思ったのよ」

喜美子は落ち着き払っていた。顔を曇らせてみせたものの、こうと決めたらそのとおりにやってみせるという覚悟ができ上っているらしかった。

女は男とちがって、そういうときには度胸がすわるということを、越路ははじめて思い知った。

「原稿を書いたって、自分の小説じゃなければいいんでしょう」

「そういうことではないんだ」

と越路は憮然とした。

「おれは自分以外の原稿が家の中にあるのがいやだと言っている。そういうのは社で沢山だ。家の中で書くのはおれだけにするというルールじゃなかったのか」

「じゃあ、あなたが帰ってからは、一切書きません」

と彼女はすまして言った。

「あなたの前では原稿をひろげないから、それで勘弁して下さいな」

「しょうがねえな」

越路もそれ以上言う気はしなかった。越路の方も、麻雀や社のつきあいで帰宅が遅くなることがある。そういう場合、喜美子が家でぽつんと待っているかと思うと気が咎めた。だから、ヒマつぶしに、自分がいない間は原稿をひろげていても仕方ないかという気になった。

「じゃあ、下訳だけだぞ。それもおれの前では厳禁だ」

翻訳に関しては、英語力のある分、喜美子の方が越路より早くてうまく、また性に合ってもいるようだった。

のちに、彼女は何冊ものミステリの翻訳を出版し好評を得ることになる。

越路の方も、下訳ばかりでなく、いろんなコラムを書いたり、自分が翻訳したものがそのまま活字になったりしていて、どんどんアルバイトの仕事の量が増えていた。

そういうとき、『オール讀物』がミステリの新人賞をつくることになり、彼はその下読みを引き受けることになった。ミステリの場合、トリックやストーリイが盗作であるのに最終銓衡（せんこう）に残ったりすると厄介なことになるので、その前にチェックをする必要があり、越路は下読み委員の一人に選ばれたのだ。

その銓衡をやっているうちに、喜美子の作品が入っているのに気がついた。

名前は小泉喜美子となっているが、あきらかに喜美子と経歴が一致する上に、原稿の文字も同じだった。

（あいつ、約束を破りやがった）

一時はカッとなったが、好奇心もあって、その小説を読んでみて、越路は舌を巻いた。

『弁護側の証人』というその小説は、クリスティの『検察側の証人』（映画の邦題『情婦』）を意識したもので、文章の中にトリックがかくされているものだった。

それだけに、文章によほど細心の注意を払ってなければ、アンフェアになる恐れがあった。

その難関を喜美子の文章は不自然な形ではなく、楽々とクリアしていた。これはよほどの才能がないとできないことである。

(なまなかの新人では、とてもこうは書けないな)

と越路は思った。

(あいつ、いつの間にこんな力をつけたんだろう)

そういうことができるようになったのは、越路がいない間に、せっせと自分の小説を書くトレーニングをしていたからにちがいない。それはあきらかにルール違反であった。

家へ帰ると、越路は喜美子を呼びつけ、語気荒く言った。

「おまえ、約束を破ったな」

「ご免なさい」

すぐに察して、喜美子は両手を突き、深々と頭を下げた。

「あたし、あの構想を考えついたら、書かずにはいられなかったの。で、あなたが帰ってこない間、ひまつぶしに少しずつ書いてみた。書き上ったら、今度は、誰かに読んでもらいたかったの。特にあなたに」

「おれに生原稿を読ませると、頭から怒鳴られるのがわかっていたから、オールのコンテストに出したわけか」

越路は溜息を吐いた。

「そこへ出せば、作品がおれの眼に入ることを読んでいたわけだ」

「そうよ」

　と喜美子はバカに素直にうなずいた。

「あなたが読んでくれて、それで落とされるんだったら本望だわ。あなたの性格を知っているから、たとえ約束違反でも、コンテストに出された作品をあなたが眼を通さないはずはないと思ったのよ。そんなアンフェアなことはしないと思ったの」

「自分がアンフェアなことをしておいて、よく言うよ」

　越路は苦り切っていた。

「おまえはおれとの約束を破った。こいつは不倫よりたちがわるい。しかも、その現場をおれに見せつけたようなもんだ。こんなことをするからには、今後、おれが浮気をしても文句はつけるなよ」

「それとこれとは別じゃないの」

　と言って、喜美子は前に身を乗り出した。

「で、あなたの感想はどう？」

「亭主としては、言語道断だとは思っているがね」

　と越路はしぶしぶ言った。

「しかし、編集者の眼から見ると、あれは良いもんだ。非常に斬新で文章もわるくない。

活字にしてもいいだろう」

「よかった」

喜美子はほっと頬(ほお)を染めた。

「あなたにそう言われるのがなによりだわ。で、見込みはどうかしら？　入選できそうだと思う？」

「それはわからん」

越路は首をふった。

「おれは最終銓衡委員じゃないんだからな。あの文章のトリックは、斬新すぎてわかってもらえないかもしれない。フェアとアンフェアのぎりぎりのところをすり抜けているわけだから、そこがわからないと、アンフェアに映るかもしれん」

「そうね、あたしもそこを心配しているの」

喜美子は首をかしげた。

「しゃれた趣向というのは、わかってもらえないかもしれないわね。本格推理じゃないんだし」

「しかし、最終銓衡まで残ったからいいんじゃないか」

と越路は言った。

「おれはこれは残してもいいと思った。おまえが約束を破ったからと言って、残さないわけにはいかなかった」

「あなたがそう言ってくれただけでも本望だわ」

喜美子は微笑(ほほえ)んだ。

「ありがとう。それにご免なさい」


喜美子の『弁護側の証人』は、入選作にこそならなかったが、銓衡委員の高木彬光が激賞するところとなり、彼の強い推輓(すいばん)で文藝春秋より単行本になることが決った。

その推移は、同じ業界にいることから、越路の耳に入っていた。オールの下読みをやっていたこともあって、文春の編集者も越路や喜美子にいろいろと気配りを示してくれた。

越路は文春の編集者の紹介で、高木彬光の家へ喜美子とともに挨拶に行った。高木は当時次々と意欲作を発表して、大ベストセラー作家だった。

その忙しい最中に夫婦のために時間を割(さ)いてくれ、口角泡を飛ばすようにして、喜美子の才気を賞めあげてくれたので、喜美子はすっかり舞い上ってしまった。

高木は越路のことも知っていて、しかし、喜美子が越路の女房であることは知らず、ご亭主が女房の手助けをしたのではないかと訊いたりした。

越路がそんなことはなく、自分は実は女房に原稿を書くことを厳禁していたのですと答

える と、呵々大笑した。

そうなると、ますます喜美子の才気は怖るべきもので、これからもどんどん書いた方がいいとすすめた。

越路は苦り切って、それは困りますと言った。これが最後だというから許したのですとも言った。

高木は妙な亭主だというふうに、越路の顔を見やったが、職業上、家の中で原稿を書かれると、自分の神経が参ってしまうと越路が説明するのを聞いて、それもわかるような気がするなとうなずいた。

それから三人で、ミステリ談義が盛り上った。高木は海外のミステリの傾向について、しきりに越路の意見を求め、自説について論じた。

ややオカルト的な傾向のある高木は、思いこむとそっちの方へ一散にのめりこむ傾向があった。彼はそれを自分の意志ではどうにもならず、一種の霊魂のようなものが自分をひっぱってゆくのだと語った。

その霊がむりやりに机の前に座らせ、彼に筆を持たせると、次々に文章にしてゆくのだと言う。その間、自分が休みたいと思っても霊が休ませてくれない。

越路はそのなにかに憑かれたような力が、読者をも巻きこんで、彼の本を読ませているのかもしれないと思ったりした。

とにかく、高木は書くことに情熱的で、それ以外の職業につくことは考えられないタイプであり、もの書き——特に、ミステリ・ライターが天職のような人物であった。そういう彼が思いつめたように推輓してくれたからこそ、その迫力によって、喜美子の作品も本になったと言えるかもしれない。とにかく、入選作以外で本になるのは珍らしいことであった。

本にするには、少し短すぎたので、枚数を増やし、その分やや味がうすめになったかと思われたが、乗りかかった船だから、越路も喜美子の原稿のチェックはした。

こうして売り出された『弁護側の証人』は評判が良く、テレビでも紹介されたりした。その番組では、越路も出演を依頼され、彼はしぶしぶながら顔を出した。

編集者は表に出る立場ではないと日頃から思っていたから、テレビの出演などは論外であったが、喜美子が心細そうにしているのを見ると、出ないわけにはいかなかった。

テレビ出演が終ると、彼はもう一度喜美子に釘を刺した。

「これでおまえも満足しただろう。もっと、書きたいだろうし、書くチャンスはできたわけだ。で、どうする?」

「書いてもいいの?」

と喜美子は越路の表情をうかがった。

「あなたが書いてもいいと言うんなら、喜んで書くわ。書きたいことは、そりゃあ書きたんかもしれないわよ」

「書いたら離婚だ」

と越路は言った。

「おまえは人には恵まれないチャンスを得た。だから、書いた方がおまえの幸せかもしれん。しかし、おれは一緒にはいられない。そのことを、ようく考えてくれ。おれと一緒にいるより、おまえは独り立ちして作家になった方がいいという気もする。おれのそばにいるより、このチャンスを生かして、伸び伸びと生きるべきかもしれない」

「イヤよ」

と喜美子は首をふった。

「あたしは自分の作品より、あなたの方が好きだわ。でも、『弁護側の証人』だけは、なんとしても書き上げたかったの。あたしはあの作品で全精力を使い果したわ。それが本になったんだから、もう思い残すことはなにもないわ。それも、あなたの助けがなければ、本になることもなかったかもしれないんだし。あたしはもう書かなくてもいい。でも、あなたには書いてほしいわ」

「おれは編集者だぜ」

と越路は苦笑した。

「この仕事に満足している。そりゃあ、給料だけじゃ食えないから、いろいろ原稿は書いているが、ありゃあほんの副業だ。おれが好きな仕事は編集で、もの書きじゃない」

「そうは言うけど、あなたは編集者でおさまり切れないわ」

と喜美子はいやにきっぱりと言った。

「いつかは自分で小説を書くようになるわ。それが好きで、高校生のときから書きはじめたと言っていたじゃないの。だから、本当は小説を書きたいのよ」

「いや、昔はそうだったがね」

越路は首をふった。

「今はそうじゃない。もの書きのプロってものが、どんなに大変か、今では身に沁みてわかっている。それにおれは自分で書くより、そそのかす方が性に合っているということがわかった。書き手が迷っているとき、適切なサジェストをし、新しい可能性にチャレンジさせる。書き手というものは、可能性を持っていても、自分ではそれがわからないことがある。そういう場合、客観的なアドバイスが必要なんだ。自分では書けないが、おれにはそっちの方の才能があるような気がする。だから、この仕事が面白いし、やり甲斐があるんだ」

「あなたはそんなことを言っているけど、きっと自分で書くようになるわ」

喜美子は遠い先をみつめるような眼差しをした。

「他人にあれこれ言っているより、自分が書いた方が納得がいくというようになる。あたしには、それがわかっているの。自分で書くようになるのがわかっているから、あたしに書かせたくないんだわ。あなたにはそういう才能があるのに、そっちを見ようとしない頑固さがあるのよ」

「おれは自分で書きたいのを我慢しているから、おまえにも書くなと言っているというのか」

越路の語気が荒くなった。

「冗談じゃない。おれはプロのもの書きの辛さをよく知っている。あんなしんどい仕事をしたいやつがいるもんか。おれは書きたいんじゃない。書かせたいんだ。有能な作家をおだてあげて、新しいジャンルを切り拓く。それがおれの目下の最大の楽しみだ」

「でも、あなたの願っているようなジャンルが、あなたの思う通りにでき上るかしら？」

喜美子は首をかしげた。

「あなたはハードボイルドが好きで、チャンドラーが好きだけど、そういうものを書こうという作家はいないわ。いずれは、あなた自身がそういうものを書くようになるわ」

「よけいなことは言わんでもいい」

と越路は突っぱねた。

「とにかく、今はおれは他人に書かせることで手一杯だ。その上、女房が書くことにまで気を遣っていられん。このところ、おまえの本が出るまで、おれはできるだけの協力をしてきた。おまえが書くたびに、そんな気遣いをしていたひには、おれの仕事に差しつかえる。よけいなことを考えずに、おまえは家事に専念していりゃいいんだ」

そう抑(おさ)えこんでしまったものの、喜美子の予言はのちにぴたりと的中することになる。

走り出す人々

松本清張の作品が次々とベストセラーになるにつれて、各出版社は推理小説を見直すようになり、戦後第二次と言われるミステリ・ブームが訪れた。

戦後第一次のブームは横溝正史などを中心にしたブームであり、トリック偏重のきらいがあったが、この壁を打ち破り、小説としての息吹き(いぶ)を推理小説に取りもどしたのが清張であった。

従って、彼の作風は新本格派などと呼ばれたが、要するに、テーマがトリックではなく、自分の書きたいものをテーマとし、それを推理小説的な手法によって、生き生きと際立(きわだ)たせることに特徴があった。その手法によって作品はリアリティを持ち、多くの読者を魅了したのである。

特に、犯罪の動機に力点を置きつつ描かれる人間模様は清張独得の世界であった。いわゆる名探偵は登場せず、味噌汁のぶっかけ飯を食いながら、犯人をしぶとく追いつづける刑事の姿には現実味があり、その日常性が新鮮だと評された。

この清張ブームに影響され、各出版社は推理小説のコンテストをつくって新人発掘に力を入れはじめ、またこれに応える新人たちが続々と登場してきた。

これらの新人たちは、清張の作品に刺激を受けると同時に、海外のミステリもまた同じようにトリック偏重のせいで衰退したが、その壁を乗り越えて小説らしい小説を書く作家たちが現われたことによって、再び秀れた作品が生み出されたことを知っていた。

彼らがそれを知ったのは、ハヤカワ・ポケット・ミステリ・シリーズに負うところが大きかった。

海外ミステリを学んだ新人たちは、清張を意識しながらも、清張とは別の形のミステリを日本で花開かせたいという意欲と夢を持っていた。

越路玄一郎は、そういう新進気鋭の作家たちと共通の夢を抱いていた。彼は自分で書こうなどとは考えていなかったが、海外の作品群を読むにつれ、その質の高さと多様性に眼をみはり、日本のミステリ界にはまだまだ大きな可能性が残されていると思い知った。そして、そのことを知る新進気鋭の作家たちに、いわば同志のような連帯感を覚えたのだった。

佐野洋もそういう一人であり、越路はこの五歳年長の友人の才能と秀れた批評眼に感服していた。彼は一高東大を出た秀才であり、読売新聞社に入ったが、コンテストに入賞し、その後長篇を発表したのをきっかけに退社して、もっとも注目される新進作家の地位を得たばかりであった。

と言うと、いかにも俊敏ですきのない人物に思えそうだが、佐野洋の実態は思いやりがありやさしく、時に人が好すぎると感じられるぐらいに面倒見が良かった。

ただし、推理小説論に関しては、きびしい論理を追求し、文章についても透明度の高さをひたすら求めてやまなかった。

彼の推理小説論は鋭く、かつきわめてフェアプレイの精神に富み、ユニークなものであった。そこに心酔した越路は、彼に辛口の推理小説批評を書かせたいと思い立った。

何回か彼の家へ通い、海外ミステリを中心にいろんな小説論を交し、そこから日本の推理小説についての彼の批評を聞いているうちに、日本の今後の新しい推理小説を拓（ひら）くべき人物はこの人しかいないと思いつめてしまった。

越路は戦後の文学青年のたいていがそうであったように、太宰治の熱烈なファンであった時期があり、その太宰の作品にちなんで、『ミステリ如是我聞（にょぜがもん）』というコラムを連載してくれないかと佐野洋にせがんだ。（のちに佐野洋にたしかめたところによれば、このタイトルは佐野洋が考えたと言うが、越路の記憶では自分が考えたことになる）推理小説論でもいいし、ミステリ風のエッセイでもいい、小説の批評でもいいからとしつこくせまっているうちに、佐野洋もなんとなくその気になってきた。

筋を通すことについてはきびしく頑固だが、筋を通しさえすれば、きわめて寛容という面を、佐野は持ち合わせており、人情味も豊かだった。

そこへつけこんだ形で、越路は連載をひき受けてもらったものの、問題は原稿料であった。すでに、流行作家になりつつあった佐野洋に早川書房での常識である原稿料で頼むわけにはいかなかった。

早川書房での常識的な原稿料とは、一枚百円から二百円、どう踏んばっても五百円というところであった。しかし、佐野洋が他社からもらっている原稿料は千円が常識ということを越路は知っていた。

むりに頼むからには、一枚千円は払わねばならないと越路は肚をくった。そして、社長にそのことを伝えた。佐野洋の名前とそのコラムが、どんなにＥＱＭＭにとって大切かということを力説し、その原稿をもらうためには千円の原稿料が最低の条件だと言いつづけた。

はじめはしぶい顔をしていた社長も、しまいにはあまりにも思いつめた越路の形相に根負けした形で許可を出してくれた。

「しかし、よく覚えておいてくれよ」

と社長は念を押すように言った。

「これは破格の原稿料なんだぞ。きみがそれほど頼むから出すんだ。きみの顔を立ててのことなんだ」

（なにを言ってやがる）

と越路は内心むかっときた。

（そんな恩被せがましいことを言うが、佐野洋にとっては、これはふつうの稿料なんだぞ。他にもっと良い条件で原稿を依頼している出版社はいくらもある。それなのに、他をさし置いて佐野洋は連載を引き受けてくれたんだ。そのおれの努力に対して、よくやったとも言わずに、恩被せがましくするとは何事だ）

むかっとはきたが、連載がはじまれば、これから佐野洋と会い、楽しい話ができると思うと、それを表に出すわけにはいかなかった。ありがとうございますと、社長に頭を下げるしかなかった。

しかし、これが大義名分となって、越路はひんぱんに佐野洋のところへ顔を出すことができるようになった。

彼が佐野の家へ行くのは出勤の途中であり、そうすれば、いくらか遅刻もごまかせるのではないかと思ったが、そうは甘くはなかった。

佐野洋宅へ顔を出すと、必らず、佐野自身がにやにやしながらこう言った。

「会社から電話があったぞ。きみがもう家へ来ているかどうかって」

つまり、出勤すべき時間に越路が仕事をしているかどうかが心配で、社長は佐野洋宅へチェックを入れているにちがいなかった。

それを聞くと、越路はげっそりした。佐野は早川書房の内部事情を越路から聞いているので、電話が入るとすぐにぴんときて、ついにやにやしたくなるらしかった。げっそりはするものの、越路もその頃は早川の体質に馴れていたし、どだいが図々しくできているから、思い悩むというほどヤワではなかった。そんなヤワな性格では、早川に勤めていられないということも充分わかってきていた。

「そうですか、またですか」

と言って、佐野洋と仕事の打ち合わせに入った。打ち合わせと言っても、次になにを書くかは、佐野自身に任せておけばいいのであって、たいていは新作の海外ミステリについての意見交換であった。

名探偵ばかりでなく、いわゆるシリーズ・キャラクターも否定する佐野洋のミステリ論は新鮮でもあり、いくら聞いても飽きなかった。また、佐野は越路と話をしているうちに、新しい作品のヒントを求めるところがあった。小説になりそうな材料を、二人して、ああでもないこうでもないと論じ合っているうちに、自然と佐野の頭のなかで構想がまとまってくるらしく、その意味では越路は歓迎すべき客の内に入るようだった。

のちに、越路がもの書きになってから、佐野洋がこうこぼしたことがある。

「近頃、ちっともヒントをよこさなくなったたな」

「当り前じゃないか」

と越路は吹き出した。

「こっちは自分がなにを書けばいいかでヒイヒイ言ってるんだ。とても他人にヒントを渡すどころじゃないぜ」

「そりゃあそうだな」

と佐野は笑った。

「しかし、あの頃はけっこうおまえは便利だったんだけどな。今はすっかり不便な男になっちまった」

その佐野の言葉には、二人の若かりし頃をなつかしむ響きがあった。そんな昔から二人は意気投合し、老境に至るまで、親密さは変っていない。考えると、不思議な縁と言うべきであろう。人生の節目というべきところで、越路はいつでも佐野洋に面倒を見てもらっているから、佐野にとっては、不思議な縁と言うよりも厄介な関係というべきなのかもしれない。

佐野洋は背が高く、すらりとしていて、まことにスタイルが良かったが、顔は面長であった。面長というと聞えはいいが、はっきり言ってしまえば馬面であった。その馬面のせいで、なにかほのぼのとしたものを感じさせた。論理的にはきびしいが、相対しているとこっちの気持ちがゆったりのんびりしてきて、つい長居になった。馬という動物は人間に親しみやすさを感じさせるが、佐野洋にもそういうおだやかさがあった。

それでつい何時間も話しこみ、出社が遅れるが、さすがに社長も文句を言わなかった。その頃になると、社長も越路に対して文句を言っても無駄だという気分になりはじめていたのかもしれなかった。

いくら文句を言っても、一向に応えず、いけしゃあしゃあとしている。越路の生意気さと図々しさは、編集部内はもとより営業部にも知れわたっていた。

あるいは、早川書房ばかりでなく、社外でもそういう評判が立っているきらいがあった。越路はこれはと思う作家や翻訳者のところへ行っては拝むようにして上りこみ、原稿を依頼した。物怖じをしないというわけではないが、早川にいる以上、物怖じなんかしていられるものかという気持ちもあった。

物怖じしていては仕事にならないし、仕事が面白くてたまらないという時期でもあった。こうして、越路の人脈は増え、仕事も依頼したが、依頼されることも多くなった。

彼自身も匿名ではあるが、新聞で推理小説評のコラムを持つようになっていたし、いろんな雑文をこなしていた。そういうアルバイト原稿を書くことが多くなり、月給以外の収入も次第に増えていった。

月給以外の収入が増えてくると、社内ではますます図々しくふるまうようになったが、それでも社の仕事を優先させることは忘れなかった。自分はあくまでも編集者であるということに生き甲斐を感じていたし、誇りも抱いていた。編集以外の仕事は副業に過ぎず、そこで名を売ることはつつしまねばならないと考えていた。

しかし、周囲の状況は必らずしもそうではなかった。月給だけでは食えないし、だからと言ってアルバイトをやると、その分だけ文名が高まってくる。そうなると仕事の依頼が増え、社業がおろそかにならざるを得ない。

あげくに社を辞めて一本立ちしてしまう。田村がいみじくも指摘したとおり、早川書房は有名私立大学のような様相を呈してきつつあった。

都筑道夫もその一人で、彼はみるみる他社からの仕事の依頼が増え、社業に専念するひまがなくなっているのがはっきりしてきた。

彼は会社を休むことが多くなり、社長はそのことで越路にぶつぶつ言ったが、越路にとっては知ったことではなかった。雑誌の進行に支障を来す場合だけ、彼はずけずけと都筑に文句を言った。

しかし、内心では、都筑が社を辞めて一本立ちするのは時間の問題だなと思っていた。ミステリ・ブームは新人作家を求めており、翻訳家でありミステリ評論家である都筑道夫より、新人作家としての都筑道夫を待望しているように思えた。都筑も作家としてデビューするなら今だと考えているように見えた。

早川書房は海外ミステリとしては秀れた作品を次々と世に出してはいたが、それは翻訳ものの世界でのことであり、いわゆるマスコミの表舞台である出版世界の中では、まだ一流とは言えなかった。

いくら良い作品を世に問うていても、メジャー・リーグの仲間には入れず、マイナー・リーグに甘んじなければならない状況にあった。

そして、早川にいるかぎり、檜舞台に出るチャンスはなかった。ちょうどアメリカのマイナー・リーグの選手たちがメジャーに進出するために、熾烈な争いを演じるように、早川書房の属する世界ではメジャーに這い上ろうと志す人材がひしめきあい、チャンスをうかがっていた。

海外ミステリの分野では、早川書房は第一人者の地位を築きつつあったが、一流出版社になるには、日本の作家を育てねばならなかった。一流の日本作家を育てていることが一流出版社の証しであり、その意味でメジャーな出版社と言えば、当時は文藝春秋であり新潮社であり、講談社、中央公論社等であった。

しかし、これらの純文学畑の作家を育ててきた出版社も、松本清張の出現によって推理小説のジャンルに眼を向けるようになった。いわゆる一流と称される出版社も推理小説畑の新人発掘に熱心になってきつつあった。

そんなとき、越路は結城昌治に相談を受けた。

「おれの書き下ろしの原稿を、都筑さんにあずけてあるんだけど、早川で出す気はあるのかな」

「えっ？」

　と越路はびっくりした。

「書き下ろしを書いていたの。おれはちっとも知らなかった」

「いや、実はコンテストに応募する前に、すでに長篇を書いていたんだ。その原稿を都筑さんが見せろと言うんで、渡しておいたんだけど未だに返事がない。もう大分経つんで、早川では見込みがないのかと思ってね」

「そんなはずはないよ」

　越路は、都筑には時間がないのだろうと思った。社の仕事の他に、かなりの量の他社からの仕事をかかえこんでいるから、とても長篇原稿を読んでいるひまはないにちがいない。

「見込みがないのだったら、編集会議で結論が出るはずだよ。ところが、その作品は編集会議に出ていない。きっと、都筑さんはまだ読んでいないんだろう。早速、おれから都筑さんに言うよ」

「あまりむりしなくていいんだよ」

　結城は面映ゆげに言った。

「ただ、他にも二社ばかり、原稿を見せてくれと言ってきている社があるんだ。都筑さんが忙しいようなら、原稿を引き取った方がいいかなと思ってね」

　その二社とも、名前を聞くと、一流出版社ばかりだった。

「わかった。その社から出した方が、あんたにとってはいいかもしれないが、あんたの作品なら、うちでもぜひ出したい。おれから都筑さんに話をして、原稿を引き取るから、おれに任せてくれないか」

と越路は頼んだ。

「とにかく、うちの社も日本作家の作品を出すべき時期なんだ。あんたの作品がそのトップ・バッターになってくれるんなら、こんなありがたいことはない。もう少し待ってくれませんか」

「きみがそういうのならいいよ」

と結城はあっさり応じてくれた。

「きみに任せるからいいようにしてくれ。もし、気に入らなければ、返してくれてもいいんだよ。遠慮は要らない」

そこで、越路は早速都筑に話をした。

「結城さんの長篇書き下ろしのことなんだがね」

と切り出すと、都筑はうしろめたそうな顔をした。

「ああ、預っているんだ。しかし、なかなか時間がなくって、全部読み切れていないんだよ。どうしようかな」

「それなら、おれに渡してくれないかな」

と越路は遠慮なしに言った。

「あんたの今の仕事ぶりじゃ、とても読むひまなんてないぜ。おれに読まして下さいよ。それで、おれが良いと思ったら、うちで出版することにする。あんたは編集会議でおれの後押しをしてくれればいい」

「ああ、いいよ」

と都筑はうなずいた。

「全部読んだわけじゃないが、なかなか良い作品なんだ。ユーモアの味が独得でね」

こういうやりとりがあって、結城昌治の処女長篇『ひげのある男たち』の生原稿は越路の手へ渡った。

越路は早速読みはじめ、結城の才気にうなった。コンテストの入選作にもそのきざしはあったが、短篇よりも、やはり長篇の方が彼のユニークなユーモア感覚がたっぷりと生かされているように思えた。

単なるユーモアではなく、ファースのような奥の深さと鋭さがあった。

仕事というよりも、一読者として、越路は結城の作品にのめりこんだ。

読み終るなり、興奮して結城の許(もと)へ飛んでいった。

「これは傑作だ。申し分がない。ぜひ、うちで出させてくれませんか」

「そう」

結城はほっとした顔つきをした。

「きみにそう言われると、こっちも安心だ。原稿を渡した以上、早川から出版されれば、これに越したことはない」

「一部だけ直してもらいたいんだ」

と越路は注文をつけた。

「他は申し分ないんだが、登場人物の名前に魚がからんでいるのはどうかな。そんなことをしなくても、充分にユーモラスな味は出ているし、なんとなく志賀直哉の『赤西蠣太』を連想させてしまう。その分、かえって興趣を殺がれるような気がするんだが、どうだろう？」

「うむ、そうかもしれないな」

と結城は卒直に越路の意見にうなずいてくれた。

「名前だけ取り換えればいいのかな？　あとは直しはないの？　あるのなら、直してみるが」

「いや、全くその必要はない」

越路には、結城の生原稿を読んだあとの興奮の余韻が残っていた。

「あとは完璧な出来なんだから。単純に登場人物の名を魚にからませない普通の名前にしてもらえればいい」

「わかった」

　その結城の原稿が返ってくると、越路はすぐにそれを編集会議に出した。そして、この作品は早川書房で出すべきだと主張した。

「越路くんの言うように、そんなに良い出来なのかね？」

　と社長は都筑の方を見やった。越路の鑑識眼だけでは危いと思っているのかもしれなかった。むりもなかった。日本の推理作家の書き下ろし作品を出版するのは、早川としてははじめてのケースであり、そういう作品の眼利き（めき）に関しては、越路より都筑の方が秀れている。

「ええ、まあ」

　と都筑は答えにくそうだった。全部を読んでいるわけではないから、確信的な答はするわけにはいかない。

「文章は良いし、ユーモア感覚がユニークな作品です」

「きみらがそれほど熱心なら」

　と相変らず、社長は恩被（おんき）せがましい口調だった。

「うちで出してもいいよ。なにしろ、うちのコンテストの入選者なんだから、出してあげるのが筋だろう」

「いや、うちで出さなければ、他の一流出版社が出すでしょう」

社長の恩被せがましい口ぶりにむかっとして、つい越路は口走った。

「結城さんはうちに義理を感じているから、まず、早川に原稿を見せたんです。うちが出さないとしたら、他社が喜んで原稿を持ってゆくに決っています。だから、この場合は出してやるという姿勢より、出させてもらうという姿勢が大切だと思います。そうでもしなければ、うちの社は他の社と太刀討ちできない。ぼくは今後、早川も日本の作家のものを出していかないと、視野がせまくなるばかりだと思っているんです」

「じゃあ、きみは今後うちの社で日本作家の作品も出せると思っているのかね?」

社長は気負いこんだ越路の表情をうかがうようにして、念を押した。

「きみには、そういう原稿を取ってくる自信があるのか?」

「あります」

騎虎の勢いで、越路は断言してしまった。元々向う見ずで短慮の上に、年が若いときているから、そう言わずにいられなかった。

「ぼくは日本作家の書き下ろしシリーズを手がけたいと思っています」

「まあ、きみにそのつもりがあるのなら、やってみたまえ」

と社長は寛大だった。寛大なのは理由があって、まず、あまり金がかからないならというのが前提である。人手もかけない。要するに、今の人員で——もっとはっきり言えば、越路が今の仕事の他にその仕事も背負いこむなら、なにをやっても自由だということである。

　こういう意味で、早川はどんな若手の編集者の企画でもどんどん取り入れるという自由さはあったが、企画が通った以上、人員と経費のバックアップは期待できず、企画を出した当人が孤軍奮闘せざるを得ないというネックもあった。

「だから、結城さんの作品はその試金石となるわけです。他社に負けないような部数でお願いします」

「そうは言ってもなあ」

　部数のことになると、社長とその義弟である営業部長兼販売部長はたちまち慎重になってしまう。

「きみだって、倉庫の状況はよくわかっているだろう」

　編集部員といえども、倉庫の状況をよく把握しろというのが早川の社員教育だった。ふつう、編集部は倉庫と縁のないところで仕事をするものだが、社の一階に倉庫があるせいもあって、早川の編集部員はしょっちゅう倉庫の中を見るようにと言われた。

　倉庫には、返本の山がうずたかく重なっていて、それを見ると、こんなに返品があってはもうからないなと実感させられる。

　ただむやみに刷りゃあいいってもんじゃないんだぞと、営業や販売の連中の言っていることが、眼の前の返本の山を見ると、しみじみわかるような気がするのだった。

そうかと言って、それにめげてばかりいては売れ筋の本を売りそこなうことになる。その頃の早川では、せっかくの売れ筋のミステリを宣伝しないために売りそこなっているという不満が編集部内にはくすぶっていた。

「倉庫のことはわかっていますが、新しい市場に挑戦するためには思い切ったこともやらねばならない。特に、他社と競合しながら作品を取ってくる場合は、ある程度初版部数を保証しないと勝負になりません」

と越路は言い張った。

「この結城さんの作品の場合、他社より部数が少いと早川の面子(メンツ)にかかわります。刷れないのなら、そのことを正直に結城さんに話して、この作品は他社にゆずるべきです」

越路は切羽つまった思いだった。結城には自分の感じたとおり、この作品は申し分がないと伝えてある。その作品を早川が出さないとなったら大事である。

しかし、良い作品だけに、早川からでなく他の一流出版社から出した方が反響も大きいし売れる可能性もあった。結城の今後のことを考えれば、むしろその方がいいかもしれない。

自分の社からどうしても出したいという思いと、結城のためを思う気持ちとの板ばさみになって、越路は複雑だった。

「わかった。うちで出しましょう」

と営業部長が言ってくれた。

「一流出版社なみというわけにはいかないが、うちとしてはなるべく多くの部数を出すことにします」

越路はほっとすると同時に、どっと肩の荷が重くなった。結城の作品ばかりでなく、これからは他の日本作家の原稿も取ってこなければならない。編集会議の席上で大見得を切った以上、それは越路の新しい仕事になるはずである。

しかし、結城の件については、なんとか自分の顔が立ったと思った。編集会議の結果を結城のところへ伝えに行くと、結城も喜んでくれた。ついでに、今後は早川も日本作家のミステリを出したいのだがと相談してみると、ちょっと首をかしげた。

「それは大変な仕事かもしれないよ」

と言った。

「おれのところですら書き下ろしの依頼があるくらいだから、他のめぼしい作家のところにはもう依頼してあるにちがいない。その中をかきわけて書き下ろしを取るのは至難の業だぜ」

結城の言うとおり、各社ともミステリ・ブームに眼をつけていて、書けそうな新人にはみんな声をかけている。それは越路にもわかっていた。新人ばかりでなく、むろんベテランや流行作家にも書き下ろしの依頼は重なっているはずで、しかも、そういう作家は眼先の締切りに追われているから、書き下ろしに手をつけるゆとりはないはずであった。

「それでも、一応、各社とも依頼しているし、どこが一番手になるかの競争ははげしいはずだよ」

結城は一種の身内意識から、心配してくれているようであった。

「その中に入って、早川が書き下ろしを頼むと何年先になるかわからないよ」

「何年先になってもかまわないんです」

越路はもう後へは退けない気分だった。

「それに、ぼくは単なる書き下ろしをと頼むつもりはない。書き下ろしならなんでもいいですと頼むつもりはないんです。日本の推理小説は縦社会だ。つまり相変らず、本格が一番上で、その他のジャンルは本格の下にランクされている傾向がある。ぼくはそうではなくて、ミステリにはいろんな手法があり、自分のテーマをそれにふさわしい推理小説的な手法を使って書くべきだと思っている。そうして出来上った作品は本格ではないかもしれないが、本格と肩を並べる作品のはずです。本格という名前が、書き手や編集者や読者をまどわせていると思う。ぼくはミステリにはいろんなジャンルがあることを読者に知らせたい」

「その考えには賛成だな」

と結城もうなずいた。

「若い作家たちにはそういう考えの人が多いよ。特に、海外ミステリで育った連中はね。一種の本格事大主義と言うべきものに反撥を抱いている」

「清張がブームになったのも、そういうトリック偏重の事大主義に風穴を開けたからじゃないかと思うんですよね」

とつい越路の言葉に熱が入った。

「ところが、マスコミではその清張の作品に新本格などというレッテルをつけたがる。こういう状況では、日本には多様なジャンルが育たない。だから、ぼくはミステリには本格と肩を並べられるジャンルがいくらもあるんだということを証明したいんです。それで、ジャンル別の書き下ろしを、その分野にふさわしい作家に書いてもらおうと思う」

「きみの気持ちはわかるし、意気も壮としてもいいんだがね」

と結城は苦笑した。

「そういう注文を出したひにゃ、ますます原稿は集らなくなるよ」

ロマンと現実の区別のつかない越路の無鉄砲さに、結城はいささか呆れた様子だった。

「とにかく、そういう場合、結城さんは書いてくれますね」

と越路は強引だった。佐野洋もそうだが、結城も同志という気分があった。先方はそんな大それた思いを抱いていないかもしれないが、思いこみの激しい越路は勝手にそうみなしていた。

「ま、ぼくは早川育ちだからね」

と結城は言ってくれた。

「できるだけのことはするつもりだよ」

「よろしくお願いしますよ」

編集会議の席上で、書き下ろしの原稿を取ってみせると大見得を切った以上、越路は後には退けなかった。

それに、いろんなジャンルのミステリを開拓したいというのも本音だった。彼の頭の中には、そのジャンルを書くにふさわしい作家もおぼろげながら浮かんでいた。

その一人一人に会って、自分の意図を説明し、口説かねばならないと思っていた。気が遠くなるような仕事であり、現実味はうすいかもしれないが、それこそ編集者冥利に尽きる仕事だと血が熱くなった。

「すぐにというわけにはいかないぜ」

越路の熱っぽさに辟易した体で、結城は苦笑しながら言った。

「この作品を早川に渡すとなると、他社に義理ができるから、そっちの書き下ろしをやらなければならない。そのあとということになるが待てるかね」

「待ちますよ」

と越路はほくそ笑んだ。

「結城さんが書きたいものでいいんです。いくらでも待ちます。しかし、その間、ちょくちょくお邪魔しますがね」

「いいよ」

結城はしようがねえなと言わんばかりの笑みを見せた。

「いつでも来たまえ」


その頃、早川書房に入ってきたのが常盤新平だった。新社屋もでき、有能な新人を入れようということで、福島正実が推薦したのが彼であった。

常盤新平は小柄ではあったが、眉太く、眼が大きく髭(ひげ)の剃り跡が蒼々(あおあお)としていて、仲々の男前であった。眼がぎょろっとしているし、髪を短く刈りこんでいるので、一見、怖そうに見えるが、東北生れ特有の純真さと気の弱さを持っていて、およそ出しゃばるということがなかった。

しかし、英語力は抜群で、また原書を読むのが大好きでもあるらしかった。都筑道夫が多忙になり、セレクションの原書を読むひまもなさそうなので、福島が常盤を編集部員にスカウトしてきたようであった。

大学は早稲田で、越路より二歳ほど年上になるが、社員としては越路の方が古株になるので、向うは越路さんと呼び、越路は図々しいから、たちまち新平ちゃんと呼ぶようになった。

　越路は先輩面をして、常盤に早川における要領などを教えたりした。勤務時間中にいかにさぼるかというコツを伝授したりもした。

　たとえば、社長は大の相撲ファンで、相撲関係には顔が広く、場所がはじまると砂かぶりで見物できる特権を持っているほどだった。だから、相撲を見たくてたまらず、つい場所へ顔を出す。

　しかし、根が真面目な人だから、勤務時間中に、社長といえどもさぼっているということをうしろめたく思っているらしかった。そういうことをすると、社員に示しがつかず、社員もまた気がゆるんでさぼりだすのを警戒しているのかもしれなかった。

　それで、社員にはわからぬよう、そうっと社を抜け出すのだが、砂かぶりだから、どうしてもテレビの画面に映ってしまうことがある。

　だから、社長がテレビに映っている間は、社員は大っぴらにさぼることができる。そんなことを常盤に教えたのは越路だった。

　常盤はどんなことでも、越路を先輩として立て、大人しい性格だから、無理を頼んでも、たいていのことは我慢してくれた。

　彼の読書量は都筑に優るとも劣らないものがあって、ミステリに限らず、西部小説から都会小説にまで及んでいた。

　都筑道夫はますます忙しくなって、とてもポケット・ミステリのセレクトをしているゆとりがないことははっきりしてきた。

　越路は彼が書き下ろしを書きはじめていることを知っていた。一流出版社から依頼されたもので、彼もその第一作目がどれほど大切かということは自覚している。

　従って、他の翻訳原稿や雑文はほどほどにして、長篇に取り組んでいた。すでに、社の給料以上のものを原稿料で稼いでいる以上、社の仕事を優先させるわけにはいかないし、その長篇によって一本立ちできるかどうかの瀬戸際でもあったから、都筑がそれに打ちこむのもむりはないなと越路は思っていた。

　すでに、解説以外のEQMMの仕事は越路に任せられた恰好になっていて、原書を読むのが苦手な越路は短篇のセレクションに四苦八苦していた。

　そういう場合、常盤がいてくれることは大いに助かったし、ポケット・ミステリの戦力としても彼は有効だった。

　しかし、原書を読んでセレクトするという仕事の重大さを社長は認識していないようであった。なにもせず、ただ本を読んで勤務時間を空費しているように映るのかもしれなかった。

　多くの原書を読み、秀れた作品を拾い上げるという仕事がどんなに苦痛を伴うか、毎月掲載する短篇をセレクトするたびに文字通り脂汗を流している越路には、いやというほどわかっていただけに、長篇を選ぶとなると、もっと大変だし、好きでなければできない仕事だと思っていた。

だから、都筑をはじめ福島や常盤のやっている仕事が、社にとって、どれほど重要かを社長が認識していないのは困ったもんだと考えていた。

ある日、常盤が人名簿をせっせと写し取っていると、社長が上機嫌で越路にささやいた。

「今日は常盤くんは良く仕事をしているようじゃないか」

「冗談じゃありませんよ」

もうその頃は、越路も古株になっていたし、社長にも遠慮のない口を利けるようになっていた。

「常盤くんにあんな仕事をさせていては、社の損失です。人名簿の写しなんて、誰にでもできる。常盤くんが原書を読んでくれるから、うちの社は作品の品揃えができるんです。社に出てこなくたっていいんです。原書をごそっと預けて、家で好きなようにセレクトさせた方が社のためになる」

社長は苦い顔をして黙りこんでしまったが、越路は本心からそう思っていた。遅刻しようがさぼろうが、はっきりと社の実績になるような仕事をする。それが編集者というものだと考えていた。

越路も相変らず遅刻を重ねていて、ボーナスのたびに、きみの遅刻は半年で百五十回にもなる。だから、その分さしひいてもいいんだが、まあ、大眼に見てやろうとイヤ味を言われたが、意に介さなかった。

彼も他で書いている原稿料の方が、給料に匹敵するほどになっていて、辞めざるを得なくなれば、いつでも辞めようと内心思っていた。

彼が早川にいるのは、もはや給料の問題ではなく、編集者という役割りにずっぷりはまりこんでいるせいだった。自分で企画を立て、それが自由に通り、好きなことができる——それが楽しくて仕方がなかった。そういう意味では、早川書房はまことに貴重な場所でもあった。

社の業績が上るにつれ、編集部内も活気を帯びてきていた。なんと言っても、自分の作った本が売れているという手応えが、部内を活き活きとさせていた。

編集部ばかりでなく、営業部も販売部も平均年齢は若く、人数も少いから、まとまりが良かった。海外ミステリにも陽が当ってきたということが、社全体の熱気となっていた。

田村隆一がつくった歯車がようやく回り出し、早川書房は地道にその地歩を出版界に築きつつあった。

ただ、早川の成功がはっきりしだすと、それに似た企画が他社から出されるのも、またこの業界の宿命でもあった。

ＥＱＭＭがそこその成功を果したのを見て、『ヒッチコック・マガジン』と『マンハント』という競合誌が他社から発刊された。

ＥＱＭＭ自体がクイーンの編集する雑誌らしく、本格中心で、アメリカ版には秀れた短篇ばかりが載っているという状況ではなくなっていた。短篇の中で、本格的な謎解きをというのは、どだいむりな話で、クリスティやクイーンも短篇の切れ味は良くない。むしろ、意外性のある『奇妙な味』を得意とするダールやスレッサー等の作品の方が、新鮮味もあり切れ味が鋭かった。

しかし、アメリカ版本誌には、そういう作品があまり載っていず、過去のＥＱＭＭから秀れた作品を選び直さなければ、とうてい日本版は保たなかった。

『マンハント』誌はそのタイトルの示すとおり、やや暴力的な作品を載せる傾向があった。アメリカでは、当時、ハイティーンの暴力グループが社会の注目を浴び、その生態を描く小説が流行していた。

現在の日本で言えば、暴走族に当るようなチンピラたちを主人公にした作品であり、エヴァン・ハンターの『暴力教室』は映画化もされ、ベストセラーにもなった。

エヴァン・ハンターやハル・エルスンなどの作家が『マンハント』に短篇を書いており、それはそれで仲々にユニークで面白かったが、持ち味がちがうので、さし当り、ＥＱＭＭと競合はしなかった。

油断のならないのは『ヒッチコック・マガジン』で、映画監督でもあり、秀れたミステリのアンソロジストとしても有名なアルフレッド・ヒッチコックの編集によるものだった。テレビでホラーやショッカーといったテーマの作品を映像化した『ヒッチコック劇場』は人気の的であり、その広い人脈を生かした雑誌編集はきわめてユニークでもあった。

ＥＱＭＭが本格謎解き、トリック重視の作品を並べようとしているのに対し、『ヒッチコック・マガジン』の主流は恐怖や意外性を中心にした、いわゆる奇妙な味の作品群だった。

短篇で本格ものはむりだと考えていた越路にとって、『ヒッチコック・マガジン』こそ強敵だと思われた。

そういうふうに競合誌があらわれたすぐあとに、都筑が社を辞めることになった。やはり、彼は小説家としてデビューする決意を固めたようであった。

さまざまな海外ミステリを日本に紹介し、また推理小説論でもその卓見に注目されていた都筑としては、新人作家が続々と登場するこの時期に乗り遅れてはならないと考えても当然である。

しかし、去られた方の早川書房としては痛手であった。ポケット・ミステリの方の作品は福島正実もおり、常盤新平も加わったからなんとかなるにしても、ＥＱＭＭの方は越路しかいない。

越路は自分に都筑の穴埋めができようとは思わなかったし、あまり翻訳誌の編集に向いているとも思わなかった。できれば、日本の作家の生原稿と接したいという思いが強かった。

だから、社長からEQMMの編集長をと言われたとき、しばらく考えさせて欲しいと言った。

「考えさせてくれと言ったって、きみ」

と社長は困惑した顔をした。

「きみはずっとEQMMをやってきたんだし、都筑くんのあとはきみにやってもらうしかないんだがな」

「ぼくが引き受けるとしたら、考えていただきたいことがあります」

と越路は思い切って言った。

「給料のことなんですがね」

「もちろん、きみの給料については考えているよ」

社長の顔に足許につけこまれたような表情が浮かんだので、越路はあわててつけ足した。

「いや、ぼくの給料ばかりでなく、全体の給料のことを考えていただけませんか」

自分の給料は上げてもらえれば、それはうれしいが、アルバイト原稿でその分ぐらい稼げるという自信があった。

「目下のところ編集部ではアルバイトが流行っています。しかし、これはあまり健全なことじゃありません。社の給料で生活できないと、編集長として部下にむりを言えなくなる。それに、編集以外の部署はアルバイトができないので、なんとなく不公平になってしまいます。そういう意味で、ぼくはアルバイトはあまり賛成ではないのです。できればよけいなことをせずに社の仕事に打ちこみたいし、みんながそうなるよう望んでいます」

「全体の給料を上げろと言うのか」

社長はしぶい顔をしたが、アルバイトがこう公然化しているのも問題だと思っている様子だった。

このまま、この状態を放置しておくと、田村隆一や都筑道夫につづいて、社員が続々と辞めるようになるだろう。

「わかった、考えてみよう」

と社長は言った。

「だから、きみも編集長を引き受けたまえ」

こういうわけで、越路は確たる自信もないままに編集長を引き受けることになった。

彼が二十六歳のときで、経験的にも年齢的にも、とてもそんな器ではなかったが、早川書房においてはこれが当り前だった。

平均年齢が若く、人数も少いから、誰でも責任のある地位につかざるを得なかった。E

QMMの編集長になったからと言って、部下が沢山いるわけではない。

越路が担当していた進行係りをやることになった部員が一人いるだけである。あとは校正者が何人かついてくれるが、基本的には二人で毎月雑誌を出さなければならない。

「新平ちゃん、頼むよ」

越路は常盤に応援を頼まざるを得なかった。彼は担当としてはポケット・ミステリだが、いろんな面白い短篇も数多く読んでいた。

EQMMの本国版に、あまり目星(めぼし)い作品がないと知っていた越路は、それに捕われない編集をしてみようと思っていた。

当時は、十年前や二十年前に発表された英米の作品には著作権料を払わなくてもいいというのが風潮だった。そういう版権切れの作品をみつけるのも編集者の才能というところがあった。

だから、越路は自らもそういう作品をみつけてきて、EQMM本国版にはないのに、知らん顔で日本版には載せたりした。

のちに、ヒッチコックが映画化した、デュ・モーリアの『鳥』などもそうだったし、常盤がみつけてくれた『駅馬車』もそうだった。『駅馬車』はジョン・フォード監督の映画の方は誰でも知っていたが、その原作がほんの五十枚足らずの短篇であることは誰も知らなかった。

ＥＱＭＭは本誌にない『西部小説特集』や『都会小説特集』をやったりしたが、これらは常盤が越路に智恵を貸してくれたものばかりだった。

越路の方は、日本の作家とつきあう方が好きだった。ショート・ショートを星新一をはじめ、山口瞳や眉村卓や小松左京、筒井康隆等に頼んだりして、原稿をもらいにゆくのが楽しかった。

山口瞳はまだ開高健と『洋酒天国』というＰＲ誌にいたし、星新一を除くＳＦ作家は、ようやくその頃、独自の作品を切り拓きつつあった。

福島正実が『ＳＦマガジン』を創刊し、ここのコンテストに入選してきたのが、小松左京等だった。

このＳＦマガジンの第一回コンテストで、小松左京は入選したのだが、たまたまそのときの応募原稿を読む助けをしていたのが、越路だった。

早川にはセクショナリズムなどありえようわけがなく、手のすいている者は他のセクションの手助けをしなければならない。

そういうわけで、応募原稿の下読みを手伝っていたわけだが、その中に、きらりと光る短篇があった。

『収穫』というその作品は、ハードなＳＦではなかったが、意外性に富み、文章にも切れ味があった。

例によってすぐ興奮し、越路はその原稿を持って福島のデスクへ押しかけた。

「この作品はすばらしい。この作家は間ちがいなく才能がある」

そう言うと、福島はやや煙たいような顔をした。

「きみはそう言うが、ぼくの読んだ中では、小松左京というのが光っていた。とてもアマチュアとは思えないスケールの大きさだし、文章もうまいなんてもんじゃない」

その顔つきでは、小松左京で決りになりそうだった。

「しかし、この新人の味も捨てがたいよ」

と越路は原稿を押しつけた。

「とにかく、読んでみて下さいよ」

「じゃあ、きみもこれを読んでみたまえ」

福島はデスクの上にあった、小松左京の生原稿を越路に渡した。

「読んでみたら驚くから」

福島から渡された小松左京の作品を読んで、越路は舌を巻いた。たしかに、新人らしからぬ骨太さがある。それに、この新人はとてつもなく博識であることがうかがわれた。

「ふうむ」

と越路はうなってしまった。

ミステリ界にも、続々と才能のある新人があらわれてきたが、SF界も恐るべきものがろごろいるのかもしれない。

野に遺賢なしどころではなく、新しく生れつつあるジャンルには異能や大器、傑物がごろごろいるのかもしれない。

「これは大物だ」

と越路は福島に伝えた。

「しかし、おれの推している作品も悪くないだろう」

「それで困っているんだ」

と福島が苦笑いした。

「第一回のコンテストだから、入選作は一本にしぼろうと思っていたんだが、この作品を読んだらしぼれなくなっちまった」

「だったら、二作入選でもいいんじゃないのかね」

と越路は言った。

「新人が沢山出た方が、『ＳＦマガジン』の将来のためにはいいよ」

「じゃあ、そうするかな」

と福島もうなずいた。

「もっとも、最終銓衡ではどうなるかわからないがね」

しかし、結局、第一回のコンテストの入賞者は二人となった。一人は小松左京であり、もう一人はその『収穫』という作品を書いた半村良であった。

ミステリ戦国時代

越路玄一郎はEQMM日本版の編集長を引き受けたものの、これはかなりプレッシャーのかかる仕事だった。

ミステリの翻訳誌として、EQMMは一応成功したかに見えたが、翻訳ミステリの月刊誌を読もうという読者が日本にそれほど多数いるわけではない。

それだけに、都会的なセンスを愛し、しゃれたミステリを愛し得る読者は質が高いとも言えた。そういう読者を意識して、EQMM日本版は良質の紙を使い、モダンアートの表紙にし、今まで日本の読者が目にしたことがないような作品を紹介してきた。

そんなしゃれた雑誌を手にすることは、自分が洗練されていることだという意識を読者に持たせる効果があった。

たしかに、その意味では、EQMM日本版はユニークであり、熱烈なファンに受け入れられた。アメリカの本国版より秀れていたかもしれない。

とは言え、日本の読者の数は競合誌が出ても耐え得るほど多くはなかった。『ヒッチコック・マガジン』誌と『マンハント』誌という同じようなミステリ翻訳誌が出れば、影響を受けないはずはない。

越路は編集長として、毎月、他の二誌との売り上げ競争に直面せざるを得なかった。他誌より部数が少なくなるということはなかったが、じりじりと追い上げられていることを営業や販売のデータは冷酷に示していた。

越路が引き受けた時期は、EQMM日本版の売れ行きが伸びるという時期ではなく、いかに競合誌に部数を食われないかという時期であった。いわば守りの時期で、それは攻めより苦しかった。

当面のライバルは『ヒッチコック・マガジン』誌で、その編集長は中原弓彦という人物だった。表紙には当時テレビで活躍しはじめた人材を登場させ、棺桶をかつがせたりして、人目を魅(ひ)く工夫をこらしていた。

執筆者もテレビ関係の人材が多かった。大橋巨泉、永六輔、野坂昭如といった、後に一世を風靡(ふうび)するような人々が、コラムを書いたり、座談会をやったりして、すでにその頃から才気を示していた。

いずれもまだ二十代の若者たちであり、彼らが大器になることは、誰も予想し得なかった。テレビ自体が今のように巨大化する前の、いわば創世記の時代だった。

そういうユニークな人材とどこで知り合い、どこから発掘するのか、中原弓彦という編集者はなかなかの眼利きだと感心すると同時に、越路は脅威を覚えていた。

その中原が早川書房に訪ねてきたと聞き、越路は大いに興味を持ち、二階の編集室から下へと降りていった。

すると入り口のカウンターのところに、髪を短く刈り派手派手しいアロハ風のシャツを着た男が立っていた。その服装はいかにも異風で今をときめく『ヒッチコック・マガジン』誌の編集長らしく見えた。

編集者というものは、背広を着てネクタイをしめているというのが当時の常識だったから、中原の印象は強烈に自己主張しているように映った。

シャツが派手なのに眼がくらんで、つい本人を見るゆとりがなかった越路に、中原は手を挙げてみせた。

「おい、越路くん。おれだよ、おれ。小林だよ」

それで、越路は中原弓彦が小林信彦だということがわかった。小林信彦とは早稲田英文の同級生であり、親しくはなかったが、顔ぐらいは知っていた。

二人とも、横浜から早稲田に通っていたので、時に駅で顔を合わせることもあった。ある夏休みが終った頃、越路は小林に駅で声をかけられたのを覚えていた。そのとき、小林はきちんと学生服を着こみ、髪も長かった。

越路の方は学生服を着たことはほとんどなく、背広にノーネクタイという恰好だった。

「きみ、夏休み中にはなにをしていたの？」

と小林は眼鏡を光らせながら訊いた。

「ああ、アルバイトでけっこう忙しかった」

と越路は答えた。当時、彼はシップ・チャンドラーという会社で港湾労働者に似た肉体労働をやっていた。

そうやって金を稼がなければ、学費はとにかく小遣いは捻出できなかった。

「いつもは週二日なんだけど、夏休み中はずっと肉体労働だったんだ」

「へえ、そうか」

小林は不思議そうに越路をみつめた。

「アルバイトばっかりやっていたのか」

「きみはどうしていたんだ？」

と越路は訊き返した。

「アルバイトはやらんのか？」

「アルバイトはやらない」

と小林は答えた。

「その代り、ずっと図書館に通いっぱなしだった」

「へえ」

そうすると、アルバイトをしなくてもいい身分なのかと、越路は小林を羨しく思った。当時は、アルバイトをしないで大学へ通える学生は少数派だった。少くとも、早稲田の学生はそうだった。自分の血を売って、なんとか食っている学生も少くなかった。だから、夏休みにアルバイトをせず、図書館に通っているのは家庭のいいお坊っちゃんなのだろうと越路は思った。

そういう眼で見ると、小林は真面目で実直そうに見え、世間知らずのお坊っちゃんのように見えた。

越路は大学時代に同人誌をやっていて、大学内の同人誌をやっている連中、たとえば、富島健夫などとも顔なじみだった。同じ同人誌には高井有一や青木雨彦もいた。従って、早稲田ばかりでなく、他の大学の同人誌やふつうの同人誌の消息にも通じていたが、小林はそういう同人誌活動をやっている気配はなかった。だから、ちゃんと英文学を勉強しているお堅い学生なんだと、越路は小林のことを思いこんだ。

ところが、それから数年して眼の前にいる小林は、かつての面影はなかった。真面目な学生だったとはとても思えず、いかにも時代をしたたかに先取りしているといった雰囲気をただよわせていた。

それは蛹が蝶になったような華麗な変貌ぶりであった。

「そうか、小林か」

　と越路は溜息を吐いた。

「その小林が中原弓彦なのか」

「そうだ。知らなかったのか」

　と小林は笑った。

「きみがＥＱＭＭの編集長になったと聞いたんで、表敬訪問に来たんだ。まあ、おたがいにがんばろうや」

　二人は喫茶店へ行って、旧交を暖め合ったが、その話しぶりも、学生時代と打って変って、小林は闊達そのものだった。

　編集者として、自分のやりたいことをきちんと持っていて、その抱負を語った。学生時代には言葉も少いように見えたのだが、きわめて能弁であった。

　小林の勢いに越路は終始押され気味で、この男と今後競い合うのかと思うと、自信を失いそうになった。

　果して、小林はさまざまな人々とつきあい、ブレーンを着々とつくり、面白い企画を次々と誌面に打ち出していった。

　特に、当時、スターダムにのし上っていた大藪春彦を解説者として、拳銃特集というのをやり、世界各国のさまざまな拳銃の特徴から扱い方まで、写真やイラストを使って詳しく紹介した。

　これが大いに当り、『ヒッチコック・マガジン』の部数はEQMMに肉迫してきた。これを見て、『マンハント』誌も同じような拳銃特集を組んだ。

　ある日、越路は専務に呼ばれた。専務というのは社長の義弟に当り、営業と販売の長を兼ねている。

「越路くん、うちも拳銃特集をやったらどうかね」

　と専務は言った。

「このままだと、『ヒッチコック』や『マンハント』に食われっぱなしになっちまうぜ」

　専務と言っても、まだ三十代で、越路とは気の合う仲間という感じだった。越路は図々しいから、日頃、専務とも冗談を言い合う仲だった。

「今さら、遅すぎますよ」

　と越路は苦い思いで言った。拳銃特集で売り上げを伸ばしてきた『ヒッチコック』誌が、今にも自分のEQMMを追いぬくのではないかという恐怖はまざまざと感じていたが、だからと言って、小林の企画を自分が真似するのはいかにもあざといし、フェアではないような気がしていた。

　それに他誌の真似をするのは、先行していた雑誌として、プライドが許さないという気分もあった。

「そんな悠長なことは言っていられないんじゃないか」

専務は越路の胸の中を見透（みすか）しているように言った。

「とにかく、『ヒッチコック』も『マンハント』も、それで部数を伸ばしていることは間ちがいない。データがちゃんと出ているんだ。うちもやってみてもいいんじゃないか」

「しかし、拳銃特集は一時的なものですよ」

と越路は答えた。

「このブームが去れば、読者は離れてしまう。他はとにかく、うちの読者は小説好きなんです。だから、作品で勝負するしかない。拳銃特集などという眼先のことに捉（とら）われず、今うちを支持してくれる読者にいい作品を提供することです」

それも越路の本音だった。

ＥＱＭＭ日本版は、これまで日本になかったタイプのミステリを紹介することによって、読者の注目を浴びてきたのだから、そのラインは守るべきだと思っていた。

小説がメインで、他の企画は従とすべきだと考えていた。しゃれたコラムは重視するが、それ以外の鬼面人を驚かすような企画は、長続きしないと見ていた。

「だから、作品は作品として良いものを選び、拳銃特集もやってみればいいじゃないか」

専務はいかにも実務家らしい意見で迫ってきた。

「別に、そうしても害にはならんだろう」

「害になります」

　と越路はきっぱりと言った。

「三誌とも拳銃特集じゃ、読者はとまどってしまう。雑誌というものはユニークでなければならない。今は、拳銃特集をやらない方がユニークなんだ」

　強引に他誌の真似をしろと言われて、越路は向っ腹が立ってきて、だんだん言葉が乱暴になってきた。専務とは日頃から親しい口を利いていたせいもある。

「きみも強情だな」

　専務も向っ腹を立てた様子だった。

「文句を言わずに、やってみればいいんだ」

「じゃあ、あんたがやればいいじゃないか」

　とつい越路は言ってしまった。

「おれはご免だ。あんたに編集長を任せるから拳銃特集でもなんでもやってくれ」

　専務は呆（あき）れ返った顔をしたが、それでも喧嘩にならず、越路が辞める羽目にもならなかったのは、日頃の親しさのせいだった。

　仕様がないやつだと、専務の方で折れてくれた。

　その後、『ヒッチコック・マガジン』誌に抜かれることがあったら、それは自分の責任で、社を辞めなければならんなと越路は考えていたが、そうはならなかった。

実際のところ、編集長になってから、越路の人脈は増え、各出版社や新聞社にも顔が通るようになり、そういうところから依頼される原稿も増えていた。

もう社の給料で生活しなくても、原稿料だけで食えるようになっている。だから強気にもなっていたわけだが、社では自分の好きなことをやりたいというふうにもなっていた。好きなことをやらせてもらえるだけ、編集の仕事がますます面白くもあった。

『ヒッチコック・マガジン』誌は、ほとんどEQMMと並ぶところまで部数を伸ばしてきて、越路を冷や冷やさせたが、やがて拳銃特集が厭きられると、次第に部数が落ちてきた。

越路は拳銃特集はやらないかわりに、『都会小説特集』や『西部小説特集』をやると同時に、コラムも充実させようとした。

当時、東京タイムズの社会部にいた青木雨彦に、社会部記者らしい事件ネタのコラムを連載してくれと頼んだりした。

青木は中学三年から高校と同級で、しかも早稲田でも同人仲間であり、親友の一人である。だから、原稿料は安くてもうんと言ってくれと、越路は強引に頼みこんだ。

青木は気持ちよく引き受けてくれ、彼のコラムは好評のうちに連載をつづけ、越路が早川を辞めたのちも、青木はEQMMの常連執筆者となっていた。

これがきっかけで、青木はいろんなコラムを手がけるようになり、やがてフリーになって、名コラムニストとして独得のジャンルを切り拓いた。

ＥＱＭＭが本国版よりユニークだったのは、本国版にない特集をやったことだが、先に述べた『都会小説特集』や『西部小説特集』について、その豊富な知識を提供してくれたのは常盤新平だった。

彼はまたアメリカの禁酒法時代にも詳しく、いわゆるローリング・トゥェンティと言われた一九二〇年代のアメリカのバックグラウンドについてよく勉強していた。

当時、エリオット・ネスを主人公にした『アンタッチャブル』がテレビで人気を呼んでおり、ＦＢＩとカポネの戦いぶりが読者の興味を集めていた。

そこで、越路は常盤にローリング・トゥェンティについてのことを書いてもらい、拳銃特集の向うを張った。

こういうふうに、常盤は『ＥＱＭＭ』日本版にとって大いなる戦力だったが、ひとつ困ったことがあった。彼は自分の仕入れた知識を発表できる場所があれば、どんなところでもそれを発表したいという意欲に充ちていて、それが『ヒッチコック・マガジン』誌にまで及んでいることだった。

もちろん、名は変えてあるが、文章を読めば、越路にはすぐにわかる。

「新平ちゃんよ」

と越路は常盤に頼んだ。

「他のところはとにかく、『ヒッチコック』にだけは遠慮してくれないか。もし、きみが書きたいものがあるんなら、ＥＱＭＭで、いくらでも誌面を提供する。だから、ライバル誌にだけは書かないでくれ」

「わかりました」

常盤は首をすくめた。

「どうも、ぼくは気が弱いもんで、中原さんに頼まれると断われなくなっちまうんです。今後は断わります」

越路は常盤を責められないなと思った。第一に、早川からの原稿料は社内原稿ということできわめて安い。それに、常盤は読書量が豊富なだけに、それで得た知識をどこかで発表したいという意欲がある。

しかし、ライバル誌に塩を送るわけにはいかなかった。社長にでも知られたら、厄介なことになるのは間ちがいなかった。

のちに、越路が辞める直前、『ヒッチコック・マガジン』誌と『マンハント』誌は廃刊になった。ＥＱＭＭ日本版だけ、辛うじて廃刊を免れたが、これは作品をメインにするという編集方針が効を奏したと同時に、常盤が助けてくれたことが大きかった。

しかし、フリーになった小林がある新聞のコラムに、常盤がライバル誌にも書いたことを公表したので、越路は小林に文句を言った。たしかに、常盤がライバル誌に書いたのはルール違反かもしれないが、書かせた小林にも責任がある。

いずれにせよ、この種のルール違反はマイナー・リーグでは日常茶飯とは言えた。どんなことをしても、自分の力を世間に認めさせ、メジャーに這い上ってゆくという熱気があった。

戦国時代の荒武者のように、自分の名を売ってなんぼという世界であり、またそれだけの実力者が続々とあらわれつつあった。

小説の世界でも、今まで探偵小説は一段低く見られていたのが、ふつうの小説と同じ位置を与えられるようになっていた。

松本清張の出現後、探偵小説という呼び名より、推理小説の方が通りが良くなってきた。探偵小説は文字どおり、名探偵を主人公にするものだが、必らずしも名探偵ではなく、市井の刑事や市民たちが探偵役を演ずるものが推理小説と認識されるようになった。

越路たちはミステリというふうに、このジャンルを捕えていた。ミステリと言えば、さらに視野は広くなり、奇妙な味の小説からSFまでその範囲におさまるからだった。

事実、いろんなタイプのミステリが生れる可能性があった。海外の作品を読んで、その技術を身につけてきた作家たちは、今、自分たちの力で、今まで日本になかったミステリのジャンルを切り拓こうと意欲満々であった。佐野洋、結城昌治、河野典生、樹下太郎、多岐川恭、笹沢左保、大藪春彦といった新人たちが注目を浴び、さらに陳舜臣、鮎川哲也といった中堅どころの作家も意欲的に作品を発表していた。

松本清張は推理小説と同時に、社会の裏側に今までかくされていた事件を掘り起し、新しい視点でこれらを作品化することでも読者の大きな支持を得ていた。

それらは社会派推理小説と呼ばれ、この流れは水上勉や黒岩重吾を産み出した。それまでミステリとはかかわりのないところで作品を発表していた作家が、社会派的な手法を用いることによって、ベストセラー作家に変貌したのである。有馬頼義などもその一人であった。

時代はミステリを軸にして、新しい可能性を迎え入れようとしているかに見えた。越路も編集者として、この可能性になんとか加われる仕事をしたいと念願していた。


越路はこの年になるまで、文学というものがよくわかっていないところがある。なんとなくはわかるのだが、いざ純文学の実体をとなると、それがどんなものだかはっきりとは説明できない。

大学時代に、肉体労働のアルバイトをやっていて、一仕事終り、くたくたに疲れて身体を艀の中に横たえていたとき、文学とはなにかをぼんやり考えたことがあった。

肉体労働をしたあとで、人間が求めるものは食欲と性欲だということは、はっきりわかった。彼のまわりにいる人夫たちは、そのことについてしか話題にしなかった。

当時、文学青年であった越路は、人間にとって、少くとも男にとって、文学など必要ではないのかもしれないと思ったりした。労働をしたあとでは、食欲と性欲を充たされさえすれば、男は満足するものであって、精神的な糧など二の次である。

彼は文学の価値などたかが知れているのではないかと思い、文学青年である自分に疑問を感じたりした。

しかし、食欲や性欲だけで人間は生きているわけではないこともたしかだった。そういう庶民が直接的な欲望を充たしたあとで求める文学とはなにかということを考えてみると、まず楽しいことであり、面白いことであり、感動することである。

庶民はそういう、いわば文学を求めているわけだが、書き手の方はそれほど卒直に受け止めていないのではないかという気がした。庶民の求める文学を、文壇では通俗小説と称して軽蔑している。

だからと言って、それなら純文学とはなにかというと、その問いに答えられる作家は少いように思えた。

越路は純文学とは、その時代のモニュメントとなるような作品ではないかと考えた。自分の生きている時代と向き合い、その中にいる自分の精神がどのように在るべきなのかを問いかけ、それを散文化したときに純文学は生れるのではないか。

とすると、時代に合った散文をつくらねばならず、過去の文章では書き得ない世界を書かねばならない。いわゆる美しい文章などでは取りきれるわけがなく、日本語ばかりでなく、今自分の精神に影響を及ぼす、すべての外来語を取り入れなければならない。

おそらく、文章としては、悪文難文の類いになるであろう。しかし、そうやって出来上った散文こそ、自分の精神にとっても、ひいては同時代を生きる人々にとっても、大きな糧となる作品に仕上るのではないか。

こう考えてみると、今まで純文学と称せられていた作品のいくつもが、そのジャンルに当てはまらないような気がしてきた。学校の教科書に載っている作品などは、たしかに、文章としては美しいかもしれないが、美しい文章というだけで、越路の考えている純文学のイメージにそぐわない。

純文学を書くとすれば、既成の美しい文章をこわすことからはじめねばならないのではないかと考えたりした。

かつては文学には感動がなくてはならないなどと言われたが、この感動も曲者で、越路のイメージする純文学には、感動の入る余地などありそうになかった。むしろ、不快感があったり嘔吐感があったり抵抗感があったりしても、感動はあり得ない。純文学によって、カタルシスは生れても、感動というようなセンチメントは生れるはずはない。感動というのは、エンターテインメントの要素であり、純文学の要素にはなり得ないと思った。

従って、純文学を書くのは、偉大なるアマチュアの仕事で、プロの作家は純文学を書き得ないのではないかという気がした。いい作品を書けば、それが純文学というほど甘い世界ではない。

いずれにしても、越路は自分にはとても純文学は書けそうにないと考えた。自分にできることは、自分も楽しみ庶民も楽しませる作品を書くことである。

編集者になってからは、これがプロの作家を産み出す楽しみに変ってきた。

日本で一般に言われている文学というものは、日本料理だろうと考えた。日本文学は日本料理だ。日本料理の中には、芋の煮ころがしから、大料亭の懐石料理まであるが、それぞれに味わいがある。

日本人の舌に合った料理は、伝統的な味つけがあるが、それを基本にしてそれぞれの料理人が個性的な味つけを加え客に供する。

日本文学もそれと同じで、伝統を踏まえつつ、いろんな書き手が作品を発表していて、素朴な芋の煮ころがし風の味つけから、豪華な懐石料理フルコース風の味つけまでさまざまな味がある。

そして、どうもこの日本風文学が、なんとなく純文学というジャンルを形成していると越路は思った。しかし、越路風の純文学のイメージではない。というのは、日本文学の書き手たちもプロであり、だから、はげしいトレーニングの末、個性的でもあり練達の文章が書けるのである。

純文学はアマチュアリズムに徹した散文形式だという越路の考えからすると、日本文学の書き手はいずれもプロであり、プロであることによって読者を得、金も稼いでいる。

しかし、日本では、純文学と通俗文学とは上下に位置するジャンルに分けられていた。これも確たる論拠があるわけではなく、なんとなく質が高いか低いか、あるいは、多数の読者に迎えられるかそうでないかによって分けられていた気配がある。

質の高い小説は、ベストセラーにならないかもしれないが、ロングセラーにはなる。読者は質の高い小説ばかりを求めているわけではないから、必らずしも良い小説が売れるとは限らないが、だからと言って、あまり読者の少い小説も良いとは限らない。

越路は純文学と通俗文学の区別けを妙なものだと思っていた。通俗文学と呼ばれたものが大衆文学と呼ばれるようになっても、相変らず上下関係にある。

しかし、どっちも日本料理であって、一流料亭と大衆食堂とのちがいのようなものである。どちらもプロの料理人の手によらなければ客は来ない。

越路は上海からの引き揚げ者であるせいもあってか、日本料理よりも、外国の料理の方が口に合う。

日本文学にしてもそうで、その味はわかるが、どうせなら、今まで日本にはなかった小説が生れ、読者に受け入れられないものかと思っていた。

そのためには今までの日本料理にはおさまり切れない味を探すしかない。それがミステリだった。ミステリは探偵小説として、通俗小説の中のそれも底辺の部分にあると見下されてきた。

代表的な作家である江戸川乱歩の作品が、当時の社会的常識からすればエロチックであったり、グロテスクを強調したりしたせいもあって、通俗的な興味をあおるものというイメージがあったせいであろう。

さらに、本格偏重のトリック主義によって、小説としての形をゆがめたこともあって、探偵小説は質が低いものとみなされる傾向があった。

しかし、今探偵小説は推理小説となり、ミステリとなって、ジャンルをひろげ、新しい読者を開拓しようとしている。

いわば、日本に新しい料理がつくられようとしているのだと越路は思った。海外の作品を吸収した書き手たちが、新しい味に挑戦しようとしはじめている。

そういう新しい料理人を育て、読者をびっくりさせてやろうと、越路は気負っていた。

時代がそれを要求しているのだということを、清張の出現以来、越路ばかりでなく、新しい書き手も、いや、出版界全体が肌に感じはじめていた。

　とは言え、そのミステリの中でも、権威主義や事大主義は存在した。本格推理小説が一番上の位置にあり、その他のジャンルはその下にあるというふうに考えられがちであった。

だから、清張の作品は、それまでの本格探偵小説とはちがったものであり、むしろ、そのまった。

壁を破ったところに価値があったにもかかわらず、新本格派というレッテルを貼られてし

越路は推理小説的な手法を使った小説ならば、どんなジャンルの作品であろうと本格派と肩を並べるべきだと思いつめていた。

少くとも、推理小説にはいろんなジャンルがあり、それらはそれぞれに価値を与えるべきではないかと考えていた。

それも、日本には今までなかったタイプの小説、あるいは海外でも新しい流れのミステリを日本に根づかせたいと念願していた。

その思いが高まっていって、ジャンル別の書き下ろし作品を、それぞれのジャンルに合った書き手に書いてもらおうという大それた望みを起した。

日本文学が日本料理とすれば、日本にはないフランス料理か中華料理のようなものを読者に味わわせたいと思った。日本料理が自然の味つけを本領とするならば、フランス料理や中華料理のような、むしろ人工的でこってりした味つけの小説を書いてもらえないかと思い立ったのである。

そんなことを思い立ったものだから、彼の身辺はにわかにあわただしくなった。

ＥＱＭＭの編集の他に、書き下ろしの仕事をかかえて、彼は東奔西走しなければならなくなってしまった。自分の願いでもあり、言い出しっ屁でもあるのだから、自分で背負う

しかなく、また、それが本望でもあった。

越路はジャンル別のミステリの書き下ろしを、次々とそれにふさわしい書き手に依頼した。自分がこれと思い定めた書き手に会い、強引とも思えるやり方で頼みこんだ。

その中には、自分とほぼ同世代の若手作家たちが多かったが、陳舜臣、鮎川哲也、樹下太郎、多岐川恭といった十年以上も年輩の作家たちもいた。年長ではあるが、いずれもここ数年のうちに頭角をあらわしてきた作家ばかりで、いずれミステリ界のスターになるであろう人々であった。

日本文学が果して、純文学なのかエンターテインメントなのかは、越路には判然とはしなかったが、時代小説はエンターテインメントとしてはっきりした分野を確立していると思っていた。歴史小説とも言い時代小説とも言われるが、いずれにせよ、この分野で活躍する書き手たちは歴史や時代の考証を背景に、事実と想像力を駆使して、すばらしい世界を構築し得るプロばかりであった。

日本のエンターテインメントの分野としては、もっとも層が厚く、多様でもあるジャンルである。その厚い層の中から注目を浴びて、多くの読者に支持されている書き手たちは、本物のプロらしい面（つら）がまえに見え、スターたるにふさわしく光り輝いて見えた。

南條範夫、司馬遼太郎、柴田錬三郎、池波正太郎、五味康祐といった作家群は他のジャンルを圧倒していた。

越路はミステリもエンターテインメントの一分野として、時代小説に匹敵するプロの書き手が登場することを望み、またその可能性ありと信じていた。

そう考えると、一種の熱病を病んでいるような顔つきで、作家たちを説いてまわった。もちろん、書き手にとっては迷惑な話で、そのことにあからさまに不快感を示す人もいたが、越路の熱心さに閉口しながらも、うなずいてくれる人もいた。

ミステリは新しいジャンルであり、多様な可能性にチャレンジするのは今だという感触は、どの書き手も感じているらしかった。

同世代の書き手たちに話をするのは、わりに気が楽だったが、いかに図々しい越路といえども、年長者に対しては気を遣わざるを得なかった。

そこで、手はじめに陳舜臣に会うことにした。陳は神戸生れだが、出身は中国であり、その意味では越路も上海生れだから、なんとなくその人柄に魅かれていた。

昭和三十六年『枯草の根』で第七回の江戸川乱歩賞を受賞しているが、この作品は陶展文という中国人が探偵役であり、そのキャラクターは今までの日本人の探偵役にない悠然とした面白味があった。神戸という街もよく描かれていて、作者の観察力の鋭さをうかがわせた。文章もゆったりとしていて、独得の味わいのある名文である。

越路は陳に会いたいと思い、電話をすると、会いましょうという快諾を得た。電話の陳の声には、親しみがあり、人を包みこむような大らかさがあった。

陳に会う約束を取りつけたのはいいが、問題は旅費と宿泊費である。かつて、陳に電話をしたとき、社長に長距離電話は三分以内にしろと砂時計を突きつけられたことがあったから、そういう費用は社から出してもらえないかと思った。

おそるおそる社長に申し出てみると、意外にあっさり費用を出してくれた。社長も越路の出した書き下ろしの企画は面白いと思ったらしく、また、社としても翻訳出版ばかりでなく、日本作家の作品を出してもいい汐時（しおどき）だと感じているようであった。

従って、越路のやりたいことをやらせてみようと考えている気配があった。早川書房も翻訳ミステリが軌道に乗って、少しゆとりを持ってきた頃合いでもあった。

越路は社長の承諾を得るや、勇躍神戸へ向った。越路としては、社用で関西へ行けるということ自体が夢のようであった。

神戸へ着き、陳舜臣の自宅を訪れると、すぐに応接間に通された。出てきた陳は越路の想像していたとおり温和な人柄だった。小柄だが、表情と言い、話しぶりと言い、ゆったりとしていていかにも大らかな感じがした。話す内容は古典から現代小説に至るまで、きわめてユニークな視点を持っていて、その博識さには舌を巻かされた。

しかし、鋭いという感じではなく、いかにも当り前のことを淡々と話すという風情（ふぜい）であり、聞いている者を自然にうなずかせる趣きがあった。

中国では俊ということを嫌い、大人や君子たる者は鋭さを殺し、駘蕩としていなければならないと聞いたことがあるが、陳はまさにその君子であり大人なのかと越路は感じ入った。

陳とは陶展文について語り合い、ついで神戸という街について語り合った。陳の作品に出てくる神戸の異人館に越路は興味を覚えていたのだが、その話をすると、陳はその異人館は今ホテルになっていると教えてくれた。

「そのホテルには誰でも泊れるんですか?」

と越路は訊いた。

「できれば、一度泊りたいもんですな」

「なんなら紹介しましょうか」

陳は気軽に席を立って、異人館がホテルになっているひとつに電話をしてくれた。

「大丈夫ですよ。あなたのことは言っておきましたから、ぼくの名を言えば泊めてくれるでしょう」

そういうわけで、思いがけず、越路は陳の小説の舞台になっている異人館に泊めてもらうことができた。

山手の方にあるその異人館は、天井が高く、ベランダが広かった。そのベランダへ出ると、神戸の街が一望の下に見渡せた。越路は生れ故郷の上海にあった洋館を思い出していた。フランス租界内にあった住宅に、これに似た洋館がいくつも並んでいたことを思い出し、なつかしくなった。

越路は港町が好きで、横浜もそうだが、神戸も港町特有の開放感があり、親しみが持てた。あるいは、陳舜臣の人肌の暖かさが伝わっていて、彼を生んだこの神戸の街にぬくもりを感じたのかもしれなかった。

のちに、越路はこの神戸の街を舞台にした小説を書くことになるのだが、それは神戸で陳舜臣に会い、異人館ホテルに泊らせてもらったことが脳裡のどこかに刻みつけられていたからかもしれない。

越路ははじめてホテルに泊り、なんだか途方もないぜいたくを味わったような気がしていた。好きな仕事のために旅をし、好きな人と会え、こうして異国情緒豊かなホテルに泊っている。編集者冥利に尽きるとはこのことだと感激していた。

早川書房に入ったときは、こんな思いができるとは夢にも思わなかった。越路はつくづく編集者を辞めなくて良かったと思った。今までは恨んでばかりいた早川書房が、いくらかはありがたいと感じた。

二晩ほどホテルに泊り、つづけて陳と会い、至福の時を過した。幸い陳は書き下ろしを書いてくれると快諾してくれ、越路はますます天にも昇る心地だった。

東京へ帰ってきた越路は、つづいて鮎川哲也に会う約束を取りつけることに成功した。

鮎川は本名の中川透で最初書いていたが、『黒いトランク』から鮎川哲也のペンネームを使い、この作品が江戸川乱歩にクロフツの『樽』に匹敵するアリバイ崩しだと激賞されて注目を浴び、その後『黒い白鳥』『憎悪の化石』を発表して現在の推理作家協会賞に当る当時の探偵作家クラブ賞を受賞していた。

鮎川は孤独を好み、どちらかというと人間嫌いの性癖があるという噂だった。編集者にもあまり会いたがらないと言う。

しかし、新しいアリバイ崩しを書ける作家はこの人しかいないと思った越路は、そんな噂に尻ごみしていられなかった。

日本のクロフツには、ぜひ自分の企画した書き下ろしシリーズに参加してもらいたかった。日本では清張の『点と線』以来、アリバイ崩しが本格作品とみなされるようになったが、それ以前は変格扱いになっていた。

本格と言えば、クイーンやクリスティのような作品だと思っていたのである。その意味でクロフツは新しいジャンルを切り拓いたと言える。

越路は鮎川が会ってやろうと言ってくれたので、鎌倉まで出かけていった。鎌倉の自然に囲まれた優雅なたたずまいのところに、鮎川の邸はあった。

鮎川は会ってみると、変人という感じではなく、学究肌の人物のように見えた。ことに、ミステリに関しては博識で、自分のミステリ論を確立しているように思えた。

彼の作品に出てくる鬼貫警部のイメージが、読者に作者を重ね合わせて見せるのかもしれなかった。鬼貫警部は独身主義であり、警視庁の中でも出世に走らず、孤高を守り切る人物として描かれている。

越路は遠慮のない性格だからかもしれないが、鮎川とどこか波長の合うところがあった。海外ミステリに興味を持っていて、日本にも海外なみのレベルの作品をと願っていることが共通しているせいかもしれなかった。

はじめは、さすがに首を縦にふらなかったが、何度か通ううちに、鮎川も書いてやろうという気になったらしかった。

そのかわりに条件があって、取材旅行をさせてくれということと、その取材旅行には越路も同行してくれということであった。

越路は大喜びで承知した。

作家と取材旅行するということもはじめての経験であり、なんだか自分が一人前の編集者として扱われたような気がした。

しかし、鮎川のお伴(とも)はしたものの、とても一人前の編集者らしい役には立たなかった。鮎川が時刻表を調べたり、地図をたしかめたりするのを、ただ黙って見ており、車中でミステリ談義をするだけであった。

浜松では、たまにはと思って酒場へ案内し、鮎川に怒られた。田村が酒場好きなので、作家とつきあうときには、そういう接待をしなければならぬと思い、酒場へ案内したのだが、鮎川ははじめて不快そうな顔をした。

「ぼくは酒を呑めないし、きみだってそうでしょう」

と彼は言った。

「下戸同士が酒場へ入って、なんになるというんです。時間の無駄だ。ぼくは失礼させてもらいますよ」

言い終るなり、さっさと宿へ帰ってしまった。言われてみるとその通りで、一人残された越路も酒も呑まずにどうしていいかわからなかった。彼もそこそこに酒場を出て、しょんぼり宿へ帰った。

これで機嫌を損ねたかと思ったが、そうでもなかった。翌日顔を合わせると、鮎川は昨夜のことにはなにもふれず、忘れたような顔つきだった。

ただ、列車に乗ると、アンコロ餅を買ってきて、それを越路にすすめた。下戸ではあるが、さりとてアンコロ餅を食うほど甘党でもない越路が、どうも苦手ですと言うと、鮎川はニヤッと笑った。

「酒の呑めない人が酒場に行くより、アンコロ餅を食べる方が自然じゃありませんか。せっかく買ったのだからつきあいなさいよ」

そう言われると、つきあわざるを得なかった。二人はアンコロ餅を食べながら、またミステリ談義をはじめた。

あまり役には立てなくとも、作家とこうして行動を共にしていることが大切なのだと、越路はわかったような気がした。

田村が編集者というものは、とことんまで作家とつきあわなくちゃいかんと言っていた意味がうっすらとわかってきた。

作家と行動を共にし、話を交しているうちに、その作家がなにをどうしてもらいたいのかがわかる。また、どういう思考の持主であるかも理解できるのだ。

作家というものは孤独であり、不安感を抱いているということもわかってきた。一人で机に向ってする仕事だけに、他人が自分を、あるいは自分の仕事をどう見ているのかが不安になる。せっかく才能がありながら、不安感に陥り、自分で壁を作ってしまって、挫折する作家は多い。

芥川龍之介や太宰治、それに健康そのものに見えた三島由紀夫ですら自殺をしたのは、自らのつくった壁を乗り越えられなかったからであろう。

この頃、三島が自殺するとは誰も予想していなかったが、越路は作家とつきあっているうちに、その孤独地獄をかい間見るような心地がした。

作家は常に自信を持ちながら、筆をすすめなければならないが、と言って、自己陶酔のまま書くわけにもいかない。書いている自分や、書いている原稿の内容を常にチェックする客観的な眼が必要なのである。つまり、書いている自分のうしろに、その仕事ぶりを覗(のぞ)きこんでいるもう一人の自分がいなければならない。

そうしないと、書いている世界や文章がどうにもならないものになる。自己陶酔のまま、なんでも書けるのはアマチュアに過ぎず、それでは読者はついてこない。

プロの作家はもう一人の自分を想定して、自分の作品のチェックを怠らないものだが、それも自分であるから、さらに客観的な評価が欲しくなる。

その客観的な眼の役をするのが、編集者ではないかと越路は思った。

たいていの作家はうぬぼれ屋であり、うぬぼれがなくては、とても自分の書いたものを人前にさらすことなどできようはずがない。

しかし、うぬぼれ屋の反面、ナイーヴで傷つきやすい一面も持っていて、絶えず他人の眼を気にしている。

自分の作品が第一と思うと同時に、もう自分には才能がないのではないかと思ったりする。作家は常に自信と不安の中を揺れ動かざるを得ないという業(ごう)を背負っているようだった。彼らは一見気丈に見えたり、どうしようもないうぬぼれ屋に見えるが、その実、純真で可愛げのある人物が多かった。

彼らは作品を世に問うことで生活を支えており、その意味では、他の作家と読者を奪い合う熾烈な戦いをしているわけだが、仕事をするときは一人だから、他の作家の足のひっぱりようはなかった。

サラリーマン社会のように、他人の足をひっぱったから出世できるというものではない。だから、そういうせせこましい了見はこの世界では通用しなかった。

他人が売れなくなったから自分が売れるというものでもなく、自分の読者は自分で創らねばならなかった。それには一人ぼっちで、自分の納得できるものを書かねばならず、それが自在にできるようなはげしいトレーニングが必要だった。

プロになるためには、しゃにむに書かねばならず、書くことによって腕を磨くしかない。何百枚、何千枚、何万枚と書いているうちに、自然とプロになってゆくわけで、それはプロのスポーツの選手たちがトレーニングに励むのに似ている。

それだけに没頭していればいい世界だけに、もの書きの中には世間知らずで、純真でもあるが変り者でもあるという人物が出てきやすい。

もの書きがつきあう世間というのは、ほとんど編集者ということになってしまう。それだけに、編集者は身近な存在であり、頼りになるとも言えた。

越路は作家たちがそういう不安感を覚えていることを知り、その不安感を取り除くことが作家に力を与えることを知った。

あなたには才能があるとおだてれば、本来の才能以上のものを生み出してしまう。ただばならない。

し、単純におだてるのではなく、あなたにあるのはこういう才能だと具体的に教えなければならない。

もの書きもバカではないから、単純なおだてぐらいでは、不安感は消滅できず、かえって、その編集者をみくびってしまう。

作家に自信をつけるためには、編集者もプロでなければならないと越路は思い知った。作家から相談された場合、どこがどう悪いのか、具体的に指摘できるだけの眼を持っていなければならない。

相手の才能をみとめ理解した上で、この部分はこうした方がいいと指摘できなければ、作家の信頼は得られない。単なる批評家を彼らは求めているわけではない。自分の仕事にプラスになることを具体的に求めているだけである。

作家が編集者と話しているうちに、書き出しはこうだとか、視点はどうするといった話になる。登場人物のキャラクターの設定に不安を抱いている場合もある。

編集者は話をよく聞いて、その作家の資質に合った書き出しや、視点の問題を自分でもよく考え、具体的な提案をしてみる。そうやって、二人で作品を創るつもりになる。そこまでになると、作家も編集者を自分の分身と認めるらしかった。

しかし、そこまでやるには、その作家の作品はもちろんのこと、その作家に参考になる作品を読んでいなければならない。

越路の場合は、早川にいたおかげで海外の作品を多読していたのが役に立った。作家が迷っているとき、その迷いをふっ切らせるためには海外の作家の作品を読ませることは効果があった。

ただし、作家が今なにに迷っているかがわかっていなければ役には立たない。腹が痛いのに風邪薬を与えるわけにはいかないのである。その作家が抱いている構想にふさわしい作品を読ませることによって、構想がふくらみ、やがて自分の書くべき姿がはっきり浮かんでくる。海外のミステリは、今日本に新しいジャンルを拓こうとしている作家にとって、著しい薬効があった。

日本の作家の作品はあまり効果がなかった。作家になろうという人々は、すでに日本の作品を多量に読んでおり、自分の好みの作家の作品は頭の中に入っている。その点で、越路の出る幕はなかった。

海外の作家の作品なら、たとえ、それがあからさまな真似であっても、日本には今までにない作品になる可能性はあった。盗作はできないが、いくら真似をしたところで、海外の作品そっくりになるはずもなかった。

むしろ、真似取りをしても、新しいジャンルの作品を書いてもらいたいとさえ越路は思っていた。

そういう越路の思いをわかってもらえるのは、同世代の作家たちだった。佐野洋や結城昌治は彼らが海外の作品を読みこんでいただけに話は早かった。

佐野洋はミステリを文学的な美学ではなく、むしろ建築学的な美学で捕えようとしていた。論理的な作品構成や透明な文章が、彼自身のそういう思いを実証していた。

越路は佐野のその美学に共鳴していたから、その実験をぜひうちの書き下ろしでやって下さいと頼んだ。とにかく、どんな形にしろ、いろんな実験をやってもらうのが、書き下ろしシリーズの目的だった。

結城昌治には、スパイ小説はどうかと持ちかけた。

「スパイ小説ねえ」

と結城は首をかしげた。

「日本でスパイ小説となると、なかなかむずかしいよ。だいたいリアリティがなくなっちまう恐れがあるな。ぼくにはフレミングみたいな作品は書けないぜ」

「そんなものを書いてもらいたいわけじゃないんです」

と越路は言った。

「エリック・アンブラーなんかどうです？　いや、結城さんなら、グレアム・グリーンの世界の方が合うかな」

「おいおい、無茶を言うなよ」

と結城は苦笑した。

「ぼくもグリーンは好きだが、あんな作品は書けやしないよ」

「いや、書けると思うな」

結城が挑戦してもいいかなという風情(ふぜい)に見えたので、越路はさらに突っこんだ。

「今、そういうタイプのスパイ小説が書ける人はあなたしかいない。とにかく考えてみて下さいよ。考えるだけでも楽しいじゃないですか」

楽しんでいるのは、越路の方かもしれなかった。

さらば編集者

早川書房の書き下ろしシリーズは、『日本ミステリ・シリーズ』というタイトルで出版されることになった。わざわざ日本というタイトルをつけたのは、早川が翻訳ミステリの専門出版社というイメージが強かったからである。

この『日本ミステリ・シリーズ』は越路の企画どおり、本格推理小説、アリバイ崩し、倒叙ミステリ、サスペンス、クライム・ノベル、スパイというふうにいろんなジャンルのミステリの書き下ろしの長篇を揃えることにあった。書き手も陳舜臣、鮎川哲也、多岐川恭のようなベテランの他に、佐野洋、結城昌治、河野典生といった若手作家までなにか新しい作品に挑戦してみようという顔ぶれを揃えた。

樹下太郎にサラリーマン社会を題材にした作品を書いてもらうことにしたり、高橋泰邦に海洋ミステリを書いてもらう約束を取りつけたりした。

これらの企画を立て、作家たちにその企画の意のあるところを伝え、乗り気になってもらうまでには、さまざまな苦労もあったが、越路はその苦労が楽しかった。いろんな才能のある人たちと会え、話ができるというだけで浮き浮きしてしまった。

強引で、その上青臭く生意気ではあるが、越路の熱っぽさを理解してくれた作家たちは

彼を暖かく迎え入れてくれた。彼はこの書き下ろしシリーズに生命を懸けんばかりに入れ

こんでいた。

EQMM日本版の編集長の他に、この企画を背負いこんだことで、多忙にもなりプレッ

シャーもあったが、若い越路にとってはなにほどのことでもなかった。

彼自身も内職原稿が増えて、朝日新聞や産経新聞にミステリの新刊紹介などを匿名(とくめい)で書

くようになっていた。もちろん、匿名だから、誰も書いているのが越路だとわからないは

ずだが、この業界にはそんな噂は自然に流れてしまう。

「朝日に書いているのはきみだろう」

と佐野洋にずばりと指摘されたことがあった。

「いや、ちがいますよ」

と越路は否定したが、佐野はニヤニヤ笑っていた。

「かくしても駄目さ。あれは、きみがしょっちゅうしゃべっている、ミステリ論とそっく

りだもの」

こういうふうに、越路がコラムを書いているということが、作家たちに同業的な気安さ

を与えていたのかもしれなかった。編集者であると同時に、もの書き仲間というふうに扱

ってくれる作家も多かった。

不思議なことに、越路が内職していることは、早川書房社内ではあまりバレてはいなかった。匿名であったり、ペンネームを使っていたこともあるが、越路がなるべく内証にしていたからだった。

実際のことを言うと、月給より二倍以上のアルバイト原稿を越路は書いていた。月給はほとんど交際費に消えてしまうという状態だった。

早川では交際費は社長の許可をもらわなければならず、それが越路には億劫だった。交際費ではないが、EQMM日本版を贈呈するリストにも社長はいちいち眼を通して、こんな人にまで贈る必要があるのかといちいちチェックした。

そのたびに、越路はこの人は今は書いていないが、将来書いてもらわなければならないとか、この人は今までこれだけ貢献してくれたんだから贈りましょうとか、いろいろ説明しなければならなかった。

社長の持論は、出版社だからいいようなものの、うちが船会社だったらどうするのかというものだった。造った船を贈呈していたひには破産してしまうというのである。

越路はその論法に唖然としてしまい、リストをチェックされるたびにうんざりした。それでときどき意地悪なことを言ったりした。

リストの中には、社長が大切にしている相撲関係者も入っている。たとえば、かつて横綱であった栃錦の名もあった。

それを指さして、越路は言った。

「この人はとうてい翻訳ミステリなんて読まないと思いますが」

「いや、読むんだ」

と社長は苦い顔をした。

「そっちの方はいいから、きみは自分の範囲でリストの調整をしたまえ」

こういう細(こま)かいところは相変らずだが、書き下ろし作品にかかわる経費については、あまり文句を言わなくなった。取材費、出張費に関しても、越路の言いなりに出してくれる。

社長も変ったなと越路は思った。

以前なら、とんでもないと一言で片づけられる経費が、今は認められる。

その分だけ、社長もこの企画に乗り気になっているのだろうと思った。

経費の点でもそうだが、時間の面でも、越路は社の時間をかなり自由に使っていた。遅刻に関しては、相変らず苦い顔をされるが、その他の時間については、越路が誰と会い、どこで過そうがあまりやかましくは言われなかった。

それをいいことに、越路はいろんな作家のところへ出かけては、ミステリ論や小説論を楽しんでいた。

入社してから六年以上が経ち、編集部では上司と言えば、福島正実しかいなくなっている。その福島もせっせと内職原稿に励むと同時にSFというジャンルを日本に確立するために血道を上げていた。

編集室にはミステリ作家が顔を見せると同時に、星新一、小松左京、筒井康隆、眉村卓、光瀬龍といったSF作家が姿をあらわし、越路も福島のお相伴（しょうばん）にあずかって、こういう作家たちと次第に親しくなった。

福島は熱心なのはいいのだが、熱心のあまり、いろいろな注文を出すので、SF作家に煙たがられる面があった。

いや、福島ばかりではなく、越路だってその傾向はある。要するに、熱心なあまりついお節介を焼きすぎるのである。

しかし、編集者には多少の図々しさと、お節介焼きはつきものかもしれなかった。そうでないと、書き手の内ぶところへ入りにくいのである。

おれは書き手に好かれているといううぬぼれがないと、この稼業は成り立たなかった。

越路は書き手と編集者は一心同体だと考えていた。編集者も良い書き手にめぐり逢えないと、良い作品を得ることはできないが、書き手も良い編集者にめぐり逢えなければ、才能を発揮できない。

その意味では書き手と編集者の関係は『行って来い』なのである。同じ仲間と言ってもいい。

現在の越路は書き手の側にいるが、かつて編集者だったせいか、いまだに書き手と編集者は『行って来い』の関係で、立場は違っても同じ仲間だと思っている。

編集者は書き手を先生と呼んだり、一応、マナーとして丁重な扱いをするが、書き手の方としては、本音の部分では、彼らを仲間と思っている。

前にも書いたように、作家は自分で自分のポジションが見えにくいものだから、編集者に自分のポジションを指摘してもらいたがっているのだ。

それには書き手が『書いてやる』という態度を取るべきではないし、編集者の方も『書かせてやる』という態度を取るべきではない。どっちも共通の思いをこめて、作品を世に出す仕事なのである。

その意味で『行って来い』の関係であり、平等の関係ということになる。好きな作家には好きなことを言うべきだし、書き手と本音で語り合えなければ一人前の編集者ではないと越路は思っていた。

それに若さと図々しさが加わっているものだから、越路には怖いものなしだった。

いろんなジャンルの書き下ろしを企画したときに、もちろん、ハードボイルドも入っていた。彼はチャンドラーの作品が好きだったから、チャンドラーのような作品が日本に生れたらと念願していたが、別にチャンドラーでなくても、ハメットやロス・マクドナルド、あるいはマッギヴァーンのような作品でも良いと思っていた。

清張の出現後、社会派ミステリが流行になり、社会の裏側に存在した事件をあぶり出す作品がもてはやされたが、越路は本当の社会派とは実際の事件に寄りかからずに、日本の社会の腐った部分を象徴的に描く作品だと考えた。

アメリカのハードボイルド小説や悪徳警官を主人公にした作品には、アメリカ社会の反映があり、それは書き手が造形してリアリティを持たせたところに質の高さがある。

そういう作品を書ける作家は誰かと考え、越路は水上勉こそそれにふさわしいと思った。水上勉は純文学の作家として苦労を重ねた末、社会派推理小説と呼ばれた『海の牙』や『飢餓海峡』によって多くの読者に迎え入れられた。

純文学の世界——越路に言わせれば、日本料理の世界でさまざまな修業を積んだだけあって、文章力も人間造形も見事であった。

日本料理の世界ではあまり多くの読者を得られなかったが、別の素材を使い、別の世界に挑戦してみたら、見事に読者の舌にかなったという感じであった。

もともと実力がありながら、純文学の世界では芽が出ないということはよくある。純文学といえどもプロの世界だから、書き手も編集者も日本料理としての完成度を求めようとする。

日本料理であるからして、米の選び方から水加減、炊(た)き方まで細々(こまごま)と覚えねばならず、あるいは芋(いも)のむき方や味の微妙な配合まで、つまりは伝統的な芸をマスターしなければならない。

そういうことにこだわりすぎた結果、せっかくの伸びるべき才能を止めてしまうことがある。味見をする、いわゆる文芸記者もうるさく細部にこだわるから、ますます書き手は萎縮してしまう。

しかし、こうして完成された作品は、やはりプロの作品であり、越路の言うアマチュアリズムに徹した純文学作品とは遠い存在とならざるを得ない。日本料理として完璧な味ということにはなるが、新しい料理かどうかは疑問である。

日本文学は完璧を求めるあまり、生気を失っていると越路は思っていた。むろん、プロ中のプロはおり、それぞれにすばらしい世界を描いてはいるが、それはなによりもプロとしての作品を発表しているからであって、純文学かどうかは疑問だった。

水上勉は才能がありながら、日本的純文学にこだわりつづけて、かえってチャンスをつぶしていたのではないかと越路は思った。

そういうことにこだわらず、プロ意識を持てば、いろんな世界を構築できる書き手である。彼にはさまざまな可能性があり、そのひとつがハードボイルドであり、実際の事件に寄りかからない社会派推理小説ではないかと越路は考えた。

思いつくと矢も楯もたまらず、水上勉の家を訪れた。

当時、水上はすでに流行作家であり、『雁の寺』で直木賞を受賞した直後であった。当然、各社の編集者がつめかけており、スケジュールはぎっしりと詰まっているはずだが、越路はあらゆるコネを使って、そのスケジュールの合い間に会ってもらうことができた。

水上はそんな忙しさの中にもかかわらず、越路とは機嫌よく応対してくれた。越路が物の怪に憑かれたようにしゃべる、怪しげな小説論をふむふむと面白そうに耳を傾けてもくれた。

そして、かなりむずかしいが、越路の言うハードボイルド、あるいは社会派の作品を書いてもいいと言った。

「本当ですか？」

越路は天にも昇る心地だった。今の水上にはそんなゆとりはないことはわかり切っていたし、会う時間を割いてくれただけでもありがたいと思っていた。

水上の口から、承諾の言葉が出ようとは夢にも思わなかった。水上と相対して語っているだけで無上の幸せだったのである。

「ただし、ぼくは推理小説には詳しくないんでね」

と水上は卒直な口ぶりで言った。

「きみの言うような作品を書くためには、少し勉強しないといかんかもしれんな。それを、きみ、手伝ってくれますか」

「もちろん」

と越路は意気ごんで答えた。

「すぐにでも、参考になる作品を持ってきます。海外の作品では、チャンドラーやロス・マクドナルド、あるいはマッギヴァーンの作品が参考になると思います」

「わかった。勉強してみましょう」

と水上は微笑した。

「それを元にきみにレクチュアしてもらえれば、書くきっかけがつかめるかもしれん」

「ありがとうございます」

と礼を言いながら、越路は内心小躍りしていた。本や資料を届けたりする間、この流行作家と会える。水上の言葉はそのチャンスを保証してくれたようなものだった。

小柄だがはらりと額に垂れかかる長髪を、かきあげかきあげしながらしゃべる水上は美男子であり、充分に文学的な雰囲気もあり、洒脱(しゃだつ)でユーモアの感覚も心得ていた。

苦労人らしい庶民感覚も身につけている。他の編集者とのやりとりを見ていると、仕事についてはかなりきびしいところがあるなと思わせられたが、越路との応対のときはにこやかだった。

もし、原稿をもらえることになったら、このきびしさと直面することになるのだなと越路は覚悟した。

それから何回も足を運んだ末、越路は水上からタイトルをもらった。『鷹の鈴』という題名だった。鷹と呼ばれる敏腕刑事がしじゅう鈴の音を気にしているというストーリイも聞かせてもらった。それは刑事にとっていまわしい事件であり、公けにはされていないが、その事件のことを考えると、鷹の心の中で鈴の音が鳴るという設定だった。

いかにも、水上勉らしい世界であり、ハードボイルド・タッチでもあった。

越路はこれで水上の原稿はもらったも同然と思ったが、現実はそう甘くはなかった。多忙な水上には、連載の締切りをこなすだけで精一杯で、書き下ろしに手をつけるゆとりはなさそうだった。

『鷹の鈴』『鷹の鈴』と呪文のように称えながら、越路は水上邸に通ったが、ついに原稿は一枚ももらえなかった。

だが、越路は幸福だった。

流行作家に会え、話をし、取りあえず題名までもらい、ストーリイも考えてもらった。それだけで、編集者としては大満足だと思う気分があった。

一流出版社の編集者がひしめき合うなかで、せめてそれだけのことでもし得たということに満足感があった。

社としては、いくら題名をもらったり、ストーリイができ上っても、原稿が一枚も入らないのでは仕事にならない。だから、越路のように自己満足に浸り切っている編集者は困ったものだし、一流出版社だったら、たちまち責任問題に発展しかねない失点だが、早川書房の場合は、はじめての日本作家の書き下ろしシリーズであり、企画からなにから越路任せだから、越路が原稿を取れないなら、それで仕方がないという雰囲気があった。

越路が駄目だからといって、担当を替えようとしても、その代役がいない。それで、越路は好き勝手なことができ、原稿が取れなくても大きな顔をしていた。

しかし、水上勉以外の作家からは、着々と原稿は入っていた。その中で、難航していたのは結城昌治のスパイ小説だった。


難航するのももっともで、結城は今まで日本にはないタイプのスパイ小説を書こうとしていたし、越路も結城ならそれができると信じていた。

二人は海外のいろんなスパイ小説について論じた末、グレアム・グリーンのようなスパイ小説が理想的だという結論に達した。

小説としての質も高く、リアリティがあり、しかも人間関係が面白い。スパイになるのも、職業的なスパイではなく、別の動機でスパイ役を引き受けさせられる方がいいのではないかということを語り合った。

語っているうちに、越路は興奮してきて、いろんな難問を結城につきつけた。

「ひとつ一人称一視点というのをためしてくれませんか」

などと言った。

「チャンドラーの作品なんかもそうだが、一人称一視点というのは、読者に対する窓の役割りをするわけです。つまり小説の中の私の視点を通じて、読者は事件の中に入ってゆく。だから、私は透明であらねばならないが、同時に魅力的なキャラクターでもあらねばならない。読者は主人公の魅力に魅かれて作品を読み進むことになるわけですから」

「うむ、それはわかっているが、実際に書くとなると容易じゃないぜ」

結城は苦笑した。

「つまりは主人公はユニークであると同時に、透明度を持たなきゃならないということだろう。むずかしいよ」

「いや、結城さんならできるって」

と越路は強く言った。自分が乗っているものだから、結城にここで逃げられてはたまるかという思いだった。

「できますとも。自信を持って下さい。主人公が不倫の関係にあるというのはどうですか？　スパイ小説で三角関係というのは面白いんじゃないかなあ」

「きみはグリーンの『情事の終り』みたいなものを考えているんだろうが、ぼくはグリーンを真似るつもりはないよ」

と結城はぴしゃりと言った。

「ぼくが書くと三角関係でも別の形になると思うな」

「それでいいんです」

越路は大きくうなずいた。

「結城流の三角関係の小説で、しかもスパイ小説というのは良いですよ。もうできたも同然じゃないですか」

「気楽なことを言うよ」

結城は眉をひそめたが、顔色にやってみるかなという気配が動いたのを、越路は見逃さなかった。

「第一、舞台はどこにするかだ。スパイ小説という以上、あるいは外国を舞台にしなきゃならんが早川が取材費を出すはずがないだろう」

「外国取材ねえ」

たちまち、社長の顔を思い浮かべて、越路は首をふった。

「それはむりかもしれませんね。でも、近いところなら、なんとかなるかもしれない」

「近いところというと、東アジアか東南アジアだがね」

と結城は遠くをみつめるような眼差(まなざ)しをした。

「中国も韓国も行けない。行けるとすれば、台湾か東南アジアだな」

当時は中国も韓国もふつうの日本人観光客は行けなかった。

「東南アジアはどうです」

取材費が出るかどうかもわからないのに、越路は無責任なことを言った。

「三角関係の当事者が、東南アジアへ行く。重苦しい関係の名残りがあり、それを解決するために東南アジアへ行くが、そこはあいにくの雨期でいっそう重苦しい気分になるなんてのはどうです？」

「ベトナムなんかいいかもしれないな」

と結城はつぶやいた。

「あそこは今、緊迫した状況がつづいている。政府と反政府勢力にアメリカがからんできていて、共産勢力もベトコンを中心にゲリラ活動が盛んらしい。フランスからは解放されたが、戦火の臭いが生々しい。あるいは旧日本軍の生き残りもいるかもしれないよ」

「それそれ」

越路は身を乗り出した。

「舞台はベトナムにしましょう」

それで二人でベトナムを取材することに話は決ったが、ベトナムへの観光ビザは出ないことがわかった。ベトナムの現地へ行けないとなれば日本で取材するしかない。

取材費を払わないですむと越路はほっとしたが、結城の方は大変だった。

彼は背こそ中くらいだが、若いときに肺を患（わず）らい、片肺を切り取ったせいで、痩せている。日頃から体力がないというのが口癖で、事実、疲れやすいようだったし、よく咳をした。

小松左京は結城と同じぐらいの背丈だが、こっちはよく肥っている。体重からすると、ちょうど結城の二倍で、風があまり強い日には表へ出ると思うところに行けないと結城は嘆いていた。行こうとしても、風に吹き飛ばされるというのである。

花札のコイコイを、越路は結城とよくやったが、途中、よく咳こむことがあった。さも苦しそうに咳こむ。

心配になって、大丈夫ですかと訊くと、なあに大丈夫だと言って、越路をいたずらっぽい眼で見やった。

「負けると咳が出るんだよ。おれの咳を心配するんなら勝たせてくれ。それがなによりの薬だ」

それで結城の咳は仲間内でコイコイ喘息と呼ばれるようになった。

体力はないが向うっ気は強く、律義なところがあり、自分では怠け者でズボラだと言っていたが、仕事に関しては綿密であり努力家だった。

だから、舞台をベトナムと決めると、精力的に取材をはじめた。越路もそれにつきあったが、結城のエネルギイにはついてゆけなかった。

彼は大使館から新聞社、商社に至るまで、あらゆる関係者に会って取材をすすめ、サイゴン市の地図を手作りで作っていた。当時、米軍の大規模なベトナムへの介入はなく、マスコミもベトナムの状況を、それほど詳しく報道していなかった。ベトナムに関する情報など皆無に等しかった。

南ベトナムはまさに開戦前夜の様相を呈しており、一見平和だが一触即発の危機をはらんでいた。

スパイ小説の舞台としては、まさに打ってつけだが、情報量の不足に結城も越路も頭をかかえた。

「なにも隅から隅まで書かなくたっていいですよ」

と越路は言ったりした。

「サイゴンの目抜き通りだけ調べて、そこにある一軒のホテルだけ綿密に描いてみたらどうですか。結城さんの腕なら、それで充分にリアリティが出ますよ。あとは気候だけです。雨期の重苦しさと東南アジアの暑さが重なり、それらによって主人公の持つ思いが象徴されればこの作品は成功ですよ」

しかし、結城は越路の無責任な言葉に乗らず、綿密な取材をつづけ、ついにサイゴンからその周辺にかけては自家薬籠中のものにしてしまった。

そして、まだ書き上らないうちに、越路は題名をつけてくれとねだった。

「今度の書き下ろしは、うちでも珍らしく、広告をする気になっているんです。そのためには、タイトルのついたラインアップを発表しなければならない」

本当に広告を打ってくれるかどうか自信はなかったが、越路は確信ありげに言った。他の出版社よりは少いが、早川書房としてはかなり思い切った初版部数を刷れることになったから、広告もしてくれるだろうという読みはあった。

「それで題名をもらいたいんですが」

「だって、まだいくらも書いてないぜ」

と結城はあきれた顔をしたが、二、三日してから返事をしてくれた。

「『ゴメスの名はゴメス』というのはどうだろうな」

「えっ？」

越路は一瞬絶句した。

それはいかにも意表を突いたタイトルだった。『ゴメスの名はゴメス』ではなんのことかわからない。日本の読者には馴染（なじ）みにくいタイトルだなという考えが脳裡をよぎったりした。

しかし、『ゴメスの名はゴメス』と、もう一回、頭の中でくり返してみると、いかにもリズムのあるタイトルだった。それにスパイ小説らしいミステリアスな雰囲気もある。

日本の読者には馴染みのうすいタイトルかもしれないが、そもそも新しいタイプのミステリを日本の読者に読ませたいという思いから、この企画は出発しているのだから、まさにその企画にぴったりふさわしいタイトルとも言えた。

「いいですねえ」

と越路は自信を持ってうなずいた。

「『ゴメスの名はゴメス』か。面白いユニークなタイトルだ。いただきます」


『ゴメスの名はゴメス』は着々と仕上っていって、その生原稿を読むたびに、越路は結城の才能に舌を巻いた。何気ない導入部から、読者は次第にサイゴンの街中へと誘われ、すっかり主人公と同じ思いを抱かされてしまう。主人公のわたしはある友達の妻と不倫の関係になるが、その友達がサイゴンで失踪したことによって、自分たちの愛も不確かなものになる。友人の所在と安否をたしかめることによって、主人公は自分の愛の形をたしかめられるかもしれないのだった。

こうして、主人公は友人の行方を探すうちにいろんな人物と知り合い、いつの間にかスパイの群の中にはまりこんでゆく。

そのプロセスがユーモアを交えながら、淡々と描かれている。力んだところはなく、さりげなさの中にリアリティを盛り込んでゆくその文章力はすばらしかった。

『ゴメスの名はゴメス』という奇妙なタイトルが、次第に現実感を帯びてきて、謎の核となっているのも見事だった。

越路は読んでいるうちに、力強い手応えを感じ、まるで、自分が書いているような興奮を覚えた。

それに、結城の原稿を読んでいると、なるほど小説とはこうして書くものかということが、身に沁みて理解できた。

結城以外の原稿も続々と入ってきて、それらを読むことは、越路に小説を書くノウハウを否応なしに教えてくれた。

その頃、越路自身も内職原稿に追われていて、一晩に二十枚ほど書かないと間に合わないほどになっていた。

だから、書き手の中で原稿の上りが遅く、約束の日になっても待たされるといらいらした。自分の書くスピードと書き手のスピードを較べてみて、いかにも遅いと感じられるのだった。

中には、越路が昨夜二十枚書いているのに、もらった枚数は四、五枚ということもあった。

いずれにしても、書き手たちは四苦八苦しており、そういう悩みをかかえている姿を見ると、自分が作家ではなく編集者で良かったと思うのだが、越路自身の仕事の量は編集者より書き手の方へ移行しつつあった。

書き下ろしシリーズの作品は次々と刊行され、いずれも好評であったが、ハードボイルドが抜けているのが越路には心残りでならなかった。

水上勉は引き受けてくれたものの、多忙で書けそうになかったし、まだ日本にはハードボイルドはむりだろうという意見が多かった。のちに、結城昌治や河野典生が秀れたハードボイルド作品を書くのだが、大方の出版関係者はこの日本の湿った風土に、ハードボイルドは馴染まないと考えているようだった。

越路自身は、アメリカの社会が熟成し、爛熟した結果、その腐敗した部分を象徴的に描いたのがハードボイルド小説だから、日本にもその可能性はあると見ていた。

折しも、日本は昭和三十年代の後半にさしかかり、高度成長時代に突入していた。

そこで、越路はいろんな書き手にハードボイルドを書いてみないかとそそのかしたが、色良い返事はもらえなかった。

水上勉から原稿はもらえず、他の作家も二の足を踏むとなると、自分で書いてやろうかと、越路は大それた望みを持つようになった。すでに短いものなら書いていて、いくらか小説のコツはわかっている。

書き下ろしシリーズを担当したおかげで、いろんな書き手の生原稿はたっぷり読ませてもらっていたから、長篇を書くノウハウもわかったつもりになっていた。

しかし、自分は書き手になるより編集者の方が向いていると信じていたし、編集の仕事が楽しいのは事実だった。

社も越路にかなり勝手なことをやらせてくれている。

問題は、月給より内職原稿料の方がずっと上まわるということだった。年間の越路の収入からすると、原稿料は月給の二倍以上になっていた。

むしろ、社に出てくると、いろんな人とつきあわねばならず、その交際費に月給がすっかり失くなってしまう。

その分を社に請求すれば、払ってもらえないことはないが、いちいちうるさく訊かれるのが越路には億劫だった。

仕事のためにつきあわねばならないのはわかりきった話で、自分の呑み食いのために交際費を切っていると思われるのは心外である。そんな思いをするくらいなら、身銭を切った方がましだと考えた。

金のためにということなら、社の月給は無意味に思えた。もちろん、入りたての頃と較べれば、彼の月給は上っていたが、仕事の量からすると、不足になっていた。

誰かハードボイルドを書かないかと、しょっちゅう言っているうちに、自分でその呪縛から逃れられないような気分になってきた。

しかし、ハードボイルド長篇を書くためには、社を辞めなくてはならない。どだい、編集者というものは、社業に専念すべきだというのが彼の持論だった。その持論を会社にも言ったことがあるが、社はその答を出してくれない。

早川書房はかなりもうかってきたはずなのに、相変らず、他社に較べると社員の待遇はしぶかった。

越路は内職原稿を書かざるを得ず、しかし、そうしていると内職ができない他の社員に対するうしろめたさは残った。

ハードボイルド小説に挑戦してみたいという思いが日々募ってきて、そこまでやるのなら、きちっと社を辞めるべきだという思いが重なり、越路は悩んだ。

悩んでいるうちに、彼の頭の中でハードボイルド小説の構想がふくらんできた。彼はレイモンド・チャンドラーが好きだから、書くのなら思い切りチャンドラー・タッチの作品を書いてみたいと思っていた。

妻の喜美子もチャンドラー・ファンだから、家庭へ帰っても、そういう話になる。

喜美子は越路との約束を守り、小説の筆を折っていたが、自分でも書きたいと思っているのが越路にはわかった。

社へ出て作家たちから生原稿をもらい、それに眼を通す。帰ってからは自分の内職原稿を書く。

その上、眼の前で女房に原稿を書かれてはたまらんと、越路はわがままを喜美子に押しつけていたが、内心ではうしろめたく思っていた。

仕事ばかりでなく、つきあいの関係で夜遅く帰宅することもあり、麻雀で徹夜したりすることもある。

そういう越路を喜美子は文句ひとつ言わずに支えてきた。だから、なおさら越路はすまないと思い、一層うしろめたさが募る。

しかし、やはり眼の前で原稿を書かれるのは真平だった。おれが家にいるときには書くなと乱暴なことを言った。

その喜美子も越路がハードボイルド小説を書きたがっているのを察して、むしろ、励ましてくれた。

「あなたなら書けるわよ」

と彼女は言った。

「いえ、あなたが書くべきだと、あたしは前から思っていたのよ」

そう言えば、越路が小説を書くようになると予言したのは喜美子の方であった。その頃、越路は編集の仕事に生き甲斐を感じていたから、そんなことにはなるもんかと思っていた。

「しかし、もし、おれが小説を書きはじめたら、社を辞めなければならんぞ」

と越路は言った。

「それぐらいの覚悟はしなけりゃならんだろう」

「えっ？」

喜美子は眉をひそめた。

「会社を辞めなくたって、小説は書けるんじゃない。げんにあなたは充分に家で原稿を書いているじゃない」

「いや、これは内職原稿だ」

と越路は、自分に言い聞かせるように言った。

「本業じゃない。もし、小説を本業とするなら、それに打ちこまねばならない。それに、社にいながら内職原稿を書くのは、今でもすっきりしない気分なんだ」

「でも、早川はあなたに合っているのよ」

と喜美子は越路の顔を覗(のぞ)きこんだ。

「早川は都会的なセンスのある出版社だわ。だから、翻訳ミステリを出してこられた。あなたやあたしはそれで育ってきたようなもんじゃないの。そこから抜けるのは惜しい気持ちがするわ」

「都会的センスというがね」

越路は苦笑した。

「早川書房に都会的センスがあふれているわけじゃないぜ。実体は田村さんがしゃれで言っていたように、お店(たな)とあまり変りはない。それに、作家業というものはそれほど甘くはない。少くとも、おれみたいな不器用なやつに二足の草鞋(わらじ)を履(は)きつづけるのは無理なんだ。

このままでいると、どっちも中途半端になるような気がする」

「でも、あたしは勿体(もったい)ないと思うなあ」

と喜美子は嘆息をもらした。

「あなたは早川の水が合っているのよ。あなたのセンスはそこで磨かれたんだから」

彼女の言うとおりかもしれなかった。

越路は早川に入ったことにより、海外ミステリと否応なしにつきあうことになり、エンターテインメントとはなにかを学んだ。

田村隆一をはじめ、いろんな人たちとの貴重なつきあいが生れたのもここだった。早川は越路の人生にとって、大きな意味を与えてくれた。

しかし、田村が言ったように、ここは名門私立校のように、いずれ卒業しなければならないところなのかもしれないと、越路は思いつつあった。

「早川で育った恩はそれなりに返したと思うよ」

と越路は言った。

「おまえは外側から観ているだけだから、内にいる者の苦労がわからん。けっこうシビアな世界なんだ。おまえも会社を辞めたんだから、おれにも辞めさせろ。そうしなければ、おれは本物の物書きにはなれん」

そこまで言うと、喜美子も反対はしなかった。ただ、彼女が寂しそうな顔をしたのが、越路の心にひっかかった。

明らかに、喜美子は早川書房を愛しているらしかった。

越路は悩んだ末、早川書房を辞める決意を固めた。佐野洋や結城昌治に相談してみると、そうなったらできるだけの力になってやるという暖かい言葉を得た。

そこで、越路は常盤新平たち社の同僚たちにも自分の意を伝え、社長宛てに辞表を書いた。

そして、社長と面談することになった。

「そうか、辞めたいのか」

社長は眉をひそめたが、ほっとしているような気配もあった。越路は次第に図々しくなって、遅刻の常習者である上に、自分のやりたいことをやってきた。

あからさまに、社長の意に反することを言ったりもした。社長にとってみれば、生意気な若造で、大した役にも立たないのに面だけでかくなりやがったと思っているかもしれなかった。

ただ、越路が内職原稿を書いていることはあまり知らないはずだった。越路がなるべく社に知られないようにし、匿名を使ってきたからだった。

その意味では、田村隆一、都筑道夫といった人たちのように知名度があるわけではなく、福島正実、常盤新平のように本名で書いていないから、ほとんど目立たなかった。

「で、きみは生活の方はどうするつもりなのかね？」

と社長は訊いた。

内職原稿の量を知らないから、それでは食えまいと言っているのだろうと越路は推察した。

「いや、なんとかなると思います」

まさか、月給の二倍以上稼いでいますとは言えないから、越路は微笑んだ。

「それに、ぼくは小説を書いてみたいんです。その時間が欲しいんで、社を辞めさせていただきたいと思います」

「小説を？」

社長は、こいつ本気かな、という顔つきを示した。越路が編集という仕事が好きなのは社長もわかっているらしく、だから、辞めないだろうと思っている節もあった。

「そいつは大変だなあ。自信はあるのかね？」

「自信はありません」

と越路は正直に答えた。

「でも、やってみたいんです」

「そうか」

社長はうなずいた。

「そこまで決心をしているのなら仕方がないな。ま、がんばって直木賞を取れるような作家になってくれたまえ」

直木賞なんて取れっこないのに、イヤ味を言っているのかと、若い越路はむかっとして社長をにらんだ。

しかし、社長には他意はなさそうだった。ただ、単純にそう励ましてくれただけらしかった。

その証拠に、社長は立ち上って右手を差し出した。越路も立ち上って、その手を握った。そのとたんに、涙がこみ上げてくるような気がした。

ファッツとは気が合うとは言えなかった。ケチでうるさいおやじだと思いつづけてきた。しかし、自分がこの社に入れてもらったおかげで、人並みに仕事ができるようになり、いろんな体験をし、貴重な人々と知り合えたことは間ちがいなかった。

うるさいことを言うようでも、社長はある意味では越路を認めてくれ、仕事のやりやすいようにしてくれた。

現在の越路の眼からみても、早川の経験がなかったら、今の自分はなかっただろうと思う。まさに、早川書房での編集者経験は越路の人生の大きな節目であった。

「ありがとうございます」

と言って、越路は社長の手を握りしめた。涙があふれそうになるのを耐えた。

「いろいろお世話になりました」

考えてみれば、社長には仲人にもなってもらっているのだった。

これで早川書房とはおさらばし、越路はフリーのもの書きになることになった。

と言っても、小説が売れるあては全くない。とりあえず、売れるあてのないハードボイルド小説をこつこつ書いてみるしかなかった。

越路はチャンドラーを真似しようと思っていたが、チャンドラーつくるところのフィリップ・マーロウのような私立探偵を主人公にするわけにはいかなかった。

私立探偵という職業が、日本ではリアリティがないので、他の職業を選ぶしかなかった。ただ、一人称一視点で書いてみようと考えた。

本当は、私の視点で事件を書いてゆく場合、私立探偵という職業は好都合である。私立探偵は事件を依頼されてから、渦中に入ってゆくわけだから、当事者ではなく、事件そのものを客観的に見られる。

つまり、読者を事件の中に導入してゆく際に透明性を持つことができる。

しかし、私立探偵でなければ、事件の当事者であり、客観的な事件の紹介はしにくいということになる。

そこで迷いに迷ったものの、結局、一人称一視点ではあるが、過去のある事件で片脚を失った男を主人公にすることにした。

その過去の事件がまた新たに起った事件とからみ合い、否応なしに、主人公は事件の渦中に巻きこまれるという設定である。

主人公の職業は、越路がかつて大学時代にアルバイトをやったことのある船への出入り業者ということにした。

舞台は、従って横浜の港である。

主人公はかつて海軍の士官であり、特殊潜航艇の艇長をやっていて、部下と生死を共にした。その部下との人間関係が事件の核になる。

こうして、いざ書きはじめると、アルバイト原稿のように枚数ははかどらなかった。編集者のとき原稿をもらいに行って、なんだこんな枚数しか上っていないのかと不満を覚えたが、いざ自分でやってみると、書き直しばかりで一向に枚数が伸びていかない。

生活のための内職原稿を書きつづけながら、書き下ろしを書いていると、前途が暗雲に充ち充ちているように思えた。

自分には才能がいかにないかと、つくづく思い知らされ、溜息を吐っく毎日であった。

しかも、その書き下ろし作品も、書いてみなければ陽の目を見るかどうかわからないのである。

途中で何度もくじけそうになりながら、越路は少しずつ書き、そして、書いているうちに主人公や事件や登場人物が自分の掌の中に収(おさま)ってくるのを感じた。

こうして、社を辞めてから、半年ほどで、『傷痕の街』という処女作ができ上った。

この生原稿を最初に読んでくれたのは結城昌治だった。彼は忙しいにもかかわらず、眼を通してくれた上に、ある一流出版社へ推薦してくれた。

しかし、しばらくして、その出版社からはノーの返事があったと、言いにくそうに越路に告げた。

「いや、この作品がわるいんじゃないんだよ。おれが前に推した作品の売れ行きが今いちだったんだ」

と結城は慰めてくれた。

「他の社だったら、間ちがいなく出すと思うから気を落とすなよ」

そう言われて、結城の好意は身に沁(し)みたが、気を落とさないわけにはいかなかった。自分の才能にノーという烙印(らくいん)を捺(お)されたようなものだった。

しかし、今度は佐野洋が生原稿を読んでくれ、講談社に強力に推してくれたようだった。講談社は佐野洋に対する義理からだろうが、『傷痕の街』を出してみようと返事をしてくれた。

越路は天にも昇る心地だった。

眼の前の暗雲が一気に晴れた。これで一生佐野洋には頭が上らないなと思った。

しかも、佐野はこの本に推薦文まで書いてくれた。

この新人作家の作品に若干の嫉妬を覚えながら拍手をおくるという、過分すぎるほどの讃辞が記してあった。越路ががっくりしているのを知って、なんとか励ましてやろうと考えている暖かさが伝わってくるような文章だった。

こうして、昭和三十九年の三月に越路の処女長篇『傷痕の街』は出版された。

これで否応なく、越路は小説書きとしてスタートせざるを得なくなった。

彼のスタートを祝って、仲間たちが出版記念会を催してくれた。編集者時代につきあいのあった人々が揃って顔を出してくれ、越路はぼうっとするばかりであった。

『傷痕の街』は、もちろん重版などかかるわけはなかったが、初版は売り切れにちかいと担当者に言われ、越路はほっとした。

書評もぼちぼちと出て、おおむね好評であった。

編集者であった越路は、『傷痕の街』のほとんどが返本となり、倉庫にうずたかく積まれてある悪夢を見てうなされたりしたが、その心配はなさそうだった。

編集者であったことが、いろんな意味で、良い結果につながってゆくのがわかり、早川書房に勤めていた七年ほどの年月が、いかに実り豊かであったか、辞めてから思い知る始末であった。

その意味では、越路にとっては辛く貧苦の日々と思っていたが、なつかしく貴重な年月にちがいなかった。

そして今、越路は自由の身にはなれたものの、どこにも頼れず、自分の腕一本を当てにして食ってゆかねばならなかった。

『傷痕の街』一本を書き上げた印税で、半年ばかりは充分であった。越路は思い切って、それまで書きつづけてきたコラムの類いを断わってしまった。

小説一本で食ってゆけと自分で自分に発破をかける心境だった。

幸い、『傷痕の街』がまあまあだったので、講談社から次回の書き下ろしの注文を受けていた。

彼は第二作目の書き下ろし、『死者だけが血を流す』を書きはじめた。

(プロであれ)

と彼は自分を励ました。

(プロであるために、トレーニングを怠るな。自分を甘やかすんじゃない)

どうやら、越路の内部には、かつての越路のような編集者が棲みついていて、彼を叱咤激励しているようであった。

あとがき

この作品をお読みになった読者は、ほぼおわかりになったと思うが、主人公の越路は私自身である。

では、なぜ素直に私として書かなかったかという当然の疑問が起るだろう。

特に、他の登場人物は実名なのに、当人だけは実名でないのはアンフェアという感じもするかもしれない。

私は小説の冒頭にも記したとおり、私が早川書房に入ってからつきあいのあった多くのスターたちと、それを創り上げた時代状況を書き記したいと思った。

そのためには、実名で記した方がいいと思った。また実名にせず、仮名にしても知る人にはわかってしまうことでもある。

その意味では自叙伝風ではあるが、その人物と時代をデフォルメする必要もあって、必らずしも、正確な年代をなぞらず、自在にアトランダムに時代及び人物を描くという手法を取った。

従って、これは私の日記でもなければ、文芸年譜のようなものでもない。

やはり、フィクションであり小説であると考えていただきたい。

そういう立場から、私小説の形も取りたくなかった。私と書いてしまえば、自分というものがかえって見えにくくなり、動かしにくくなる。

越路であれば、自分で自分を客観視できるから、作中人物として自在にあやつることができる。

私小説は純文学の主流のように言われてきたが、私はもとより純文学を書くつもりもなく、できれば生き生きとユーモラスにその時代と人物を描きたかったので、自分でありながら、自分ではない越路を登場させねばならなかった。

他の人々を実名で登場させながら、自分だけは変名というのがアンフェアだという感じもあろうが、別にそれがアンフェアだという理由もなければ、そういうことをタブー視するいわれもない。

小説はあくまで自由に書くべきであって、そのことに主眼を置けば、どんなスタイルを取ろうと作者の勝手ではないかと私は考えている。

とは言え、自分勝手に実名で登場させた方々にはご迷惑だったかもしれないという思いは残る。どうかお許し願いたい。

だが、私はこういう小説を書きたかったのです。もの書きというものは、書きたいとなると、周囲の迷惑も省みず、書いてしまうという業があることもご理解下さい。

巻末エッセイ

ミステリに明け暮れて

河合 靖

『黄土の奔流』に続いて、生島治郎さんの『浪漫疾風録』が復刊される。佐野洋、都筑道夫、小林信彦、常盤新平……。この早川書房の編集者時代を綴った自伝的小説には、多くの作家が実名で登場する。みな父の書棚で見慣れた名前、中学時代から書店員になった今でもずっと愛読している作家たちだ。今回、久しぶりに『浪漫疾風録』のページを繰りながら、ミステリに明け暮れるようになった自分の読書遍歴を思い起こさずにはいられなかった。

まだ私が高校に入学したての頃、大酒飲みで博打好きの父が大きな借金をこしらえ池之端にあった自宅を手放すはめになった。自宅を失うほどの借金はすべて博打の負け分だったと聞いている。典型的な破滅型だった。その父のたったひとつ尊敬できる点が「本読み」だったことだ。蔵書は多く、素面（しらふ）の時はいつも本を読んでいる人だった。

父の影響なのか私は小学校に上がった頃から毎日の読書が習慣づけられた。学校の図書室から海外の推理小説やＳＦ、ポプラ社の乱歩などを繰り返し借りては読んでいた記憶がある。この時期、読書の楽しみを知ってしまったために、その後の人生ずっと本と関わっていくことになろうとは両親も、そして私自身もまた想像もつかなかった。

中学に入ると読書熱は益々高まり、禁断の父の書棚に手を伸ばす。そこには「新潮社現代文学全集」が揃い、松本清張、高木彬光、佐野洋、黒岩重吾、梶山季之、都筑道夫、大藪春彦などの現代推理小説やハードボイルドの文庫本が数多く並んでいた。それらを持ち出しては読み耽っていた。かなりませた中学生だったと思う。

同級生のあいだで流行っていた筒井康隆、眉村卓、星新一などもひと通り読んではいたものの、父の蔵書の方が遥かに面白かった。高校時代は音楽に目覚め、家での読書量は大幅に減ったが、授業中にその分を補塡していた。その頃読み漁ったのは西村寿行。西村の小説には今思い返すと近未来予測的な作品が多く、それに類似した事件や災害が実際に起こっているのに驚かされる。

高校卒業後は大学進学を目指していた。だが、またも父の大きな借金が発覚、急遽諦めざるをえなくなった。就職組のほとんどが行き先を決めていた時期、募集は終わっていた。急場しのぎで受験した地方公務員も当然の如く玉砕した。

そんなある日、何気なく眺めていた朝日新聞の求人欄に書店の募集を見つけた。それは当時日本一の売場面積を誇っていたY書店の新入社員二次募集だった。慌てて履歴書を送り、その後運よく筆記試験と二次面接まで通り、最終の役員面接の日をむかえた。面接では最近読んで感動した本を尋ねられた。それに対してあろうことか、松本清張の新刊小説『渦』がいかに素晴らしいか力説した。なぜ純文学の名作にしなかったのかと後悔したが、どういうわけか奇跡的に内定の通知が届いたのである。ありきたりでない受け答えが、逆に真実味に繋がったのかもしれない。こうして私は書店員としての一歩を踏み出すことになった。

入社後しばらくは専門書の担当に付いていたが、中学以来のミステリ熱は衰えることなく、文芸書の新刊チェックのための棚偵察は日課となった。一九八〇年代前半は私自身にとって核となる作家が多数現れた時代だった。北方謙三が『弔鐘はるかなり』でハードボイルド作家デビューを飾り、その後も間を置かず次々と傑作を生み出す。また、北方とほぼ同世代の船戸与一、先輩に当たる志水辰夫などの作品を知り、今まで読んだことがない躍動感にすこぶる興奮した。八〇年代後半は逢坂剛が『カディスの赤い星』で直木賞を受賞、佐々木譲の『ベルリン飛行指令』が現れ、大戦三部作へと発展していく。

私自身は八九年から念願の文芸書売場の担当となり、名作ラッシュの真只中での棚づくりの幸運に恵まれた。この頃日本文学の棚構成は「純文学」「女流文学」「大衆文学」「全集」の四つで、前述の作家たちは「大衆文学」の棚に分類される。しかし、著者名五十音順が棚づくりの基本とされており、同ジャンルの著者でも同じ棚のなかであちこちに飛んでしまう。読者にとっては作品の関連性からの選書がしづらい棚であったと思う。同じ八九年、原尞が『私が殺した少女』で直木賞を受賞する。前年『そして夜は甦る』で突如現れ、日本にハードボイルド小説を定着させてからの僅かな期間での偉業達成だった。

九〇年代に入ると、生島治郎にファンレターを送ったことでも知られる大沢在昌が、『新宿鮫』シリーズの大ブームを巻き起こす。さらにこの年代には特筆すべきハードボイルド作家が二人文壇デビューする。白川道と藤原伊織である。白川道は投資ジャーナル事件に関わり実刑判決を受け、服役中に小説の書き方を勉強し『流星たちの宴』で作家デビュー。藤原伊織は電通勤務のサラリーマンだったが、ギャンブルでかさんだ借金返済のため賞金一千万円を目当てに江戸川乱歩賞に挑む。『テロリストのパラソル』で見事受賞を果たす。何とさらに翌年同作で直木賞を受賞する。同一作品でのW受賞は史上初であった。二人はサラリーマン経験を持ち作家デビューは遅いが、北方謙三や船戸与一と同世代である。

乱歩を代表とする探偵小説ブームを第一次ブームとすると、第二次ブームは一九五〇年代後半から六〇年代のハードボイルド、冒険小説等が派生した時代である。さらに一九八〇年代から九〇年代が第三次ブームで、エンターテイメント小説を堂々と冒険小説と呼べる時代になったと勝手に捉えている。その時代にリアルタイムで書店員だったことは財産である。Y書店では理由あって退職するまで二八年間という長い間お世話になり、書店のイロハを教わった。この経験は後に大いに役立つことになり感謝している。

その後、神保町の老舗T書店に入社することになった。そこはまさにカオスと呼ぶに相応しい状態。店全体は基本の棚構成はきちんと残しつつも、数多くの独自のフェアやミニコーナーが突然現れ、足を止めざるを得ない仕掛けが施されている。中規模店だから出来る遊びがあちらこちらに溢れていた。

T書店では入社当時から文庫担当を続けているが、当初からどうしても作りたかった棚がある。それは前述の第一次から第二次のミステリを集めたコーナー。だが、如何せんほとんどのタイトルが出版社絶版のため注文すら出来ないのである。近年第一次の作品は多くの出版社から復刊され、売行きも好調である。しかし、未だに第二次の作品は少しだけ復刊されたものはあるが、代表的な作品は今も読めない状態が続いている。結局のところ、第一次の作品をメインに集めたミステリコーナーは作ったが、どうしても作りたい棚は、未完成のままである。

T書店には多くの作家の表敬訪問があるが、印象に強く残っているのは小林信彦さんと常盤新平さんのお二人。小林さんは生島さんの大学の同級生でライバル誌『ヒッチコック・マガジン』の編集長、常盤さんは早川書房の同僚だった。『浪漫疾風録』には作家デビュー以前の二人とのやりとりも描かれていて、とても興味深い。

私自身昔からのファンである小林信彦さんは新刊が出ると毎回サイン本を作っていただくが、ある時その機会に私の蔵書すべてにサインをいただいたことがある。自伝的作品

『夢の砦』がオールタイムベスト1であること、新潮社から出た文庫がすでに品切れで多くのお客様に推薦したいがそれが出来ない無念など話させていただいた。常盤新平さんの時も、やはりちゃっかりと自分の蔵書『遠いアメリカ』にサインをいただき、山口瞳さん談議で盛り上がった思い出がある。その後ご病気で亡くなられたのが残念でならない。『浪漫疾風録』の読者には『夢の砦』『遠いアメリカ』の二冊もあわせて読んでほしいと思う。

これを期に生島さんとその時代を共にした作家の輝かしい作品の復刊を心から願う。「小説は面白くなければならない」。「読み終わったあとに、読者が本を捨てても良い、とにかく読み終わるまでは頁がうすくなるのを惜しむような作品を書きたいと思っていた」。生島さんのこの言葉が私の書店員としての座右の銘である。

（かあい・やすし　書店員）

解説

郷原宏

生島治郎氏の『浪漫疾風録』は、講談社発行の月刊誌「小説現代」に、一九九二年十一月号から九三年六月号まで八回にわたって連載されたあと、九三年十月に四六判ハードカバーの単行本として同社から刊行された。海外ミステリー専門誌「ＥＱＭＭ」の編集者から作家に転じたことで知られる著者が、ミステリー戦国時代ともいうべき疾風怒濤の時代の編集者生活を実名入りで生々しく描いた自伝的青春小説の力作である。

この作品を生島氏の「自伝小説」と呼ぶためには、若干の留保が必要である。ここには同時代の作家や編集者がほぼ全員実名で登場するのだが、なぜか肝心の主人公だけは「越路玄一郎」という仮名になっていて、文中では「彼」と呼ばれているからだ。すなわち、この作品における作者と越路の関係は、あのハードボイルドの名作『追いつめる』における作者と主人公志田司郎の関係とまったく同じである。いや、むしろ志田のほうが、「私」と名乗っている分だけ、作者に近いといえるかもしれない。いずれにしろ、このような物語の構造を持った作品を、私たちは普通「自伝小説」とは呼ばない。

さりとて、これはいわゆる「私小説」でもない。私小説であるからには、その中心テーマは作者の自我と私生活でなければならないはずだが、ここに描かれているのは「EQMM」という一種の公器を中心にした昭和三十年代ミステリーの状況であって、決して作者自身の身辺雑記に類するものではない。それに第一、生島氏はもともと私小説および私小説的なるものを否定するところから出発した作家なのだから、いまさら私小説を書くわけがないのである。

自伝小説でも私小説でもないとすると、これは一体いかなる小説なのか。その正体を探ることは、そのまま本書の魅力を語ることになってしまうのだが、正確を期すために、私たちはまず作者の語るところに耳を傾けなければならない。本書の「あとがき」で、生島氏は「主人公の越路は私自身である」と前置きしたあとで、こう書いている。

《私は小説の冒頭にも記したとおり、私が早川書房に入ってからつきあいのあった多くのスターたちと、それを創り上げた時代状況を書き記したいと思った。／そのためには、実名で記した方がいいと思った。また実名にせず、仮名にしても知る人にはわかってしまうことでもある。／その意味では自叙伝風ではあるが、その人物と時代をデフォルメする必要もあって、必らずしも、正確な年代をなぞらず、自在にアトランダムに時代及び人物を描くという手法を取った》（／は改行を示す。以下同）

ここでいわれていることを私なりに整理すれば、これは生島氏と編集者時代から交流があった現在のスター作家たちと、彼らを創り上げた昭和三十年代という時代状況を実名で描いた一種の回想録である。ただし、小説として面白くするために、時代と人物は多少デフォルメされている。したがって、これはあくまでフィクションとして読まれるべきである――ということになるだろう。ここでスター作家たちを創り上げた時代状況の演出者が著者自身であったことは、本書の読者には改めて説明するまでもない。生島氏はさらにこう述べている。

《私小説は純文学の主流のように言われてきたが、私はもとより純文学を書くつもりもなく、できれば生き生きとユーモラスにその時代と人物を描きたかったので、自分でありながら、自分ではない越路を登場させねばならなかった。／他の人々を実名で登場させながら、自分だけは変名というのがアンフェアだという感じもあろうが、別にそれがアンフェアだという理由もなければ、そういうことをタブー視するいわれもない。／小説はあくまで自由に書くべきであって、そのことに主眼を置けば、どんなスタイルを取ろうと作者の勝手ではないかと私は考えている》

これをまた私なりに敷衍すれば、小説は面白くなければ小説ではない、小説を面白くするためには、私小説的な狭い視点を排して、《自分でありながら、自分ではない》越路という主人公を登場させざるをえなかった――ということになる。

周知のように、生島氏には、この作品に先立って、自身の恋愛と結婚に取材した『片翼だけの天使』以下のシリーズがあるが、その主人公の名もまた越路玄一郎である。すなわち、越路玄一郎は、生島氏が多少とも自伝的な要素を持った作品を書く場合に、それを退屈な「私小説」にしないための装置のようなものと考えてよさそうである。したがって、これはもはやアンフェアとかタブーとかいった次元の問題ではない。いかにして面白い小説を書くかという作家としての矜持と職業意識の問題である。

ここで私は、いまは亡き青木雨彦氏から聞いたひとつのエピソードを思い出す。その昔、政治家としても有名な某芥川賞作家から「同じ文学者として」ある問題への賛同を求められたとき、生島氏が「俺は文学者なんかじゃない。ただの物書きだ」といって断わったという話である。又聞きだから真偽のほどは定かではないが、それを聞いたとき、私は改めてこのハードボイルド作家を愛した。こういう本物の物書きがいるかぎり、日本の小説はまだまだ大丈夫である。

さて、引用部分の前段で生島氏が《小説の冒頭にも記したとおり》と書いているのは、正確にいえば作者の発言ではなく、主人公越路玄一郎の次のような述懐である。読者にとって大切なところなので、重複をいとわずに全文を引用しておこう。

《三十六年前は、越路自身も食うや食わずであったが、今、もの書きとしてスターの位置を得ている人々もまた食うや食わずであった。しかし、彼らは将来自分がなりたいこと、したいことをはっきりと——いや、はっきりとではないにせよ、その夢のなにかをつかん

でいた。つまりは、自分の星をつかもうとしていたのだ。そして、彼らは志を得て、星になった》

《編集者からもの書きになる間に、越路は彼らが星になるまでを、裏から表からつぶさに見ている。貧しく、恵まれない時代ではあったが、みんなが奇体なエネルギイに充ちていた。いつでも走ろうとし、走っては転んでいた。／いわば、疾風怒濤の時代であった》

《越路は今そのことを書きとめねばならぬと思い立った。なぜだかはわからないが、そういう消えつつある星たちのことどもを書きとめねばならないと感じた。そうでないと、自分を含めて、みんなが消えてしまう》

わが子を語って母親にまさる者はなく、自作を語って作者にまさる者はない。まして作者がそのまま主人公を兼ねる作品においてをや。ここには、この作品の執筆動機や成立の背景だけでなく、物語としての読みどころや面白さの秘密までもがきわめて直截に語られていて、解説者としてこれに付け加えることは何もない。ただ、ここに出てくる星たちのうち、江戸川乱歩、開高健、小泉喜美子、結城昌治といった人たちがすでに亡いことを思うにつけても、この作品の「戦記」としての価値はますます高く輝きを増しつつあるといっておけば、読書案内人としての私の最低限の責任は果たせるだろう。

この物語は、昭和三十一年（一九五六）四月、越路玄一郎がめでたく早川書房に入社したところから始まり、昭和三十九年（一九六四）三月、越路の処女長篇『傷痕の街』が出版されたところで終わる。すなわち、著者二十三歳から三十一歳に至る八年間の青春彷徨の記録であり、同時に日本ミステリー草創期の物語である。主人公と時代の青春が二重写しに描かれているところに、この作品の面白さの秘密があるといえば、少なくとも比喩としてはわかりやすいだろう。

日本の推理小説史に即していえば、この時期は仁木悦子の『猫は知っていた』が公募第一回の江戸川乱歩賞を受賞して史上空前のベストセラーになり、さらに松本清張の『点と線』がその記録を塗り変えて、推理小説を一部のマニアの手から広く一般読者の手に解放した「社会派ブーム」の時代である。

このブームのなかから佐野洋、結城昌治、黒岩重吾、笹沢左保、河野典生、三好徹といった俊英作家が続々と登場し、さまざまな方法的冒険を試みながら、やがて日本ミステリーの黄金時代を築いていくのだが、そこで決定的な役割を果たしたのは、私見によれば「EQMM」日本版と名編集者越路玄一郎の存在である。もしこの時代に小泉太郎（本名）という革新的な編集者がいなければ、日本のミステリーは少なくとも十年は遅れていたに違いない。本書の読者は、文中至るところにその証拠を見いだすことになるだろう。

もとより、名編集者は一朝一夕に生まれるものではない。名探偵と同じく、名編集者もまた試行と錯誤の苦い歳月のなかで育てられる。越路ももちろん例外ではなく、本書の前半はさながらドイツの修養小説を思わせる教訓的なエピソードに充ちている。そして、そこでいわば先生役をつとめる田村隆一編集部長と都筑道夫編集長のキャラクターが、小説の登場人物として実に面白い。おそらくは実物以上に面白い。

このお二方は私もよく存じ上げているが、考えてみれば、両氏とも最初から本名ではなく筆名で早川書房に勤めていた。いいかえれば、二人は編集者である前にれっきとした詩人であり作家であったわけで、大人しくサラリーマンの規格に収まるはずがない。こういう型破りな上司の下で実務的な仕事をするのはさぞ大変だろうと他人事ながら鳥肌が立つが、果たしておかしくも涙ぐましい事件が続発して、読者の笑いと共感を誘う。《生き生きとユーモラスにその時代と人物を描きたかった》という作者の目論見は、まさしくここに的中しているといえる。

こうした悪戦苦闘のあげく、越路は物語の最後では自ら小説の筆をとって、ミステリー星座の一等星をめざす。それは国産ハードボイルドという新星の誕生を意味していたが、一方では常に時代を先取りしてきた優秀な編集者の退場を意味していた。ミステリー・ファンにとっての得失はにわかに判定しがたいが、いずれにしろ本書が名編集者と小説の名手の理想的な協働の産物であることだけは、はっきりしている。こういう中身の濃い作品を手軽な文庫本で読める現代の読者の幸福を思わずにはいられない。


（ごうはら・ひろし　詩人・文芸評論家）

＊講談社文庫版（一九九六年八月刊）より再録

や行

た行

な行

は行

ま行

人名索引

あ行

か行

さ行

浪漫疾風録

初　出　『小説現代』一九九二年十一月号～九三年六月号
単行本　講談社　一九九三年十月刊
文　庫　講談社文庫　一九九六年八月刊

編集付記

一、本書は講談社文庫版『浪漫疾風録』（一九九六年八月刊）を底本にした。
一、刊行にあたり、明らかな誤植と思われる箇所は訂正し、新たにエッセイと索引を付した。
一、本文中、今日の人権意識に照らして不適切な語句や表現が見受けられるが、著者が故人であること、執筆当時の時代背景と作品の文化的価値を考慮して、底本のままとした。

中公文庫

ろうまんしっぷうろく
浪漫疾風録

2020年5月25日　初版発行

著　者　生島治郎（いくしま じろう）

発行者　松田陽三

発行所　中央公論新社
〒100-8152　東京都千代田区大手町1-7-1
電話　販売 03-5299-1730　編集 03-5299-1890
URL http://www.chuko.co.jp/

ＤＴＰ　平面惑星
印　刷　三晃印刷
製　本　小泉製本

Published by CHUOKORON-SHINSHA, INC.
Printed in Japan　ISBN978-4-12-206878-0 C1193

各書目の下段の数字はISBNコードです。978-4-12が省略してあります。

中公文庫既刊より

ケ-1-4
ファウスト 悲劇第一部
ゲーテ
手塚富雄 訳
あらゆる知的探究も内心の欲求を満たさないと絶望したファウストは、悪魔メフィストフェレスと魂をかけた契約を結ぶ。〈巻末エッセイ〉河盛好蔵・福田宏年
206741-7

ケ-1-5
ファウスト 悲劇第二部
ゲーテ
手塚富雄 訳
巨匠ゲーテが言葉の深長な象徴力を駆使しつつ自然と人生の深奥に迫った大作を、翻訳史上画期的な名訳で贈る。読売文学賞受賞作。〈巻末エッセイ〉中村光夫
206742-4

ニ-2-3
ツァラトゥストラ
ニーチェ
手塚富雄 訳
近代の思想と文学に強烈な衝撃を与え、今日なお予言と謎に満ちたニーチェの主著を格調高い訳文と懇切な訳注で贈る。〈巻末対談〉三島由紀夫・手塚富雄
206593-2

ハ-2-2
パンセ
パスカル
前田陽一
由木康 訳
時代を超えて現代人の生き方に迫る、鮮烈な人間探究の記録。パスカル研究の最高権威による全訳。年譜、索引付き。〈巻末エッセイ〉小林秀雄
206621-2

テ-4-2
自殺論
デュルケーム
宮島喬 訳
自殺の諸相を考察し、アノミー、生の意味喪失、疎外など、現代社会における個人の存在の危機をいち早く指摘した、社会学の古典的名著。内田樹氏推薦。
206642-7

ホ-1-5
中世の秋（上）
ホイジンガ
堀越孝一 訳
二十世紀最高の歴史家が、フランスとネーデルラントにおける実証的調査から、中世人の意識と中世文化の生活と思考の全像を精細に描いた不朽の名著。
206666-3

ホ-1-6
中世の秋（下）
ホイジンガ
堀越孝一 訳
歴史家ホイジンガが十四、五世紀をルネサンスの告知とはみず、すでに過ぎ去ったものが死滅する時季と捉え取り組んだ、ヨーロッパ中世に関する画期的研究書。
206667-0

ホ-1-7
ホモ・ルーデンス
ホイジンガ
高橋英夫 訳
人間は遊ぶ存在である——人間のもろもろのはたらき、生活行為の本質は、人間存在の根源的な様態は何か、との問いに対するホイジンガの結論が本書にある。
206685-4

マ-15-1
五つの証言
トーマス・マン
渡辺一夫
第二次大戦前夜、戦闘的ユマニスムの必要を説いたマンへの共感から生まれた渡辺による渾身の訳業。寛容論ほか渡辺の代表エッセイを併録。〈解説〉山城むつみ
206445-4

ウ-9-1
政治の本質
マックス・ヴェーバー
カール・シュミット
清水幾太郎 訳
ヴェーバー「職業としての政治」とシュミット「政治的なるものの概念」。この二十世紀政治学の正典を合わせた歴史的な訳書。巻末に清水の関連論考を付す。
206470-6

ウ-10-1
精神の政治学
ポール・ヴァレリー
吉田健一 訳
表題作ほか「知性に就て」「地中海の感興」「レオナルドと哲学者達」の全四篇を収める。巻末に吉田健一の単行本未収録エッセイを併録。〈解説〉四方田犬彦
206505-5

ア-9-1
わが思索のあと
アラン
森有正 訳
『幸福論』で知られるフランスの哲学者は、いかにその健全な精神を形成したのか。円熟期に綴られた稀有な思想的自伝全34章。〈解説〉長谷川宏
206547-5

エ-6-1
荒地／文化の定義のための覚書
T・S・エリオット
深瀬基寛 訳
第一次大戦後のヨーロッパの精神的混迷を背景とした長篇詩「荒地」と鋭利な文化論を合わせた決定版。巻末に深瀬基寛による概説を併録。〈解説〉阿部公彦
206578-9

コ-7-1
若い読者のための世界史（上） 原始から現代まで
E・H・ゴンブリッチ
中山典夫 訳
歴史は「昔、むかし」あった物語である。さあ、いまからその昔話をはじめよう——若き美術史家ゴンブリッチが、やさしく語りかける、物語としての世界史。
205635-0

コ-7-2
若い読者のための世界史（下） 原始から現代まで
E・H・ゴンブリッチ
中山典夫 訳
私たちが知るのはただ、歴史の川の流れが未知の海へ向かって流れていることである——美術史家が若い世代に手渡す、いきいきと躍動する物語としての世界史。
205636-7

各書目の下段の数字はISBNコードです。978－4－12が省略してあります。

う-9-4 **御馳走帖** 内田百閒（ひゃっけん）

朝はミルク、昼はもり蕎麦、夜は山海の珍味に舌鼓をうつ百閒先生の、窮乏時代から知友との会食まで食味の楽しみを綴った名随筆。〈解説〉平山三郎

202693-3

う-9-5 **ノラや** 内田百閒

ある日行方知れずになった野良猫の子ノラと居つきながらも病死したクルツ。二匹の愛猫にまつわる愛情と機知とに満ちた連作14篇。〈解説〉平山三郎

202784-8

う-9-10 **阿呆の鳥飼** 内田百閒

鶯の鳴き方が悪いと気に病み、漱石山房に文鳥を連れて行く……。『ノラや』の著者が小動物たちとの暮らしを綴る掌篇集。〈解説〉角田光代

206258-0

う-9-6 **一病息災** 内田百閒

持病の発作に恐々としつつも医者の目を盗み麦酒をがぶがぶ……。ご存知百閒先生が、己の病、身体、健康について飄々と綴った随筆を集成したアンソロジー。

204220-9

う-9-7 **東京焼盡**（しょうじん） 内田百閒

空襲に明け暮れる太平洋戦争末期の日々を、文学の目と現実の目をないまぜつつ綴る日録。詩精神あふれる稀有の東京空襲体験記。

204340-4

う-9-12 **百鬼園戦後日記Ⅰ** 内田百閒

『東京焼盡』の翌日、昭和二十年八月二十二日から二十一年十二月三十一日までを収録。掘立て小屋の暮しを飄然と綴る。〈巻末エッセイ〉谷中安規（全三巻）

206677-9

う-9-13 **百鬼園戦後日記Ⅱ** 内田百閒

念願の新居完成。焼き出されて以来、三年にわたる小屋暮しは終わる。昭和二十二年一月一日から二十三年五月三十一日までを収録。〈巻末エッセイ〉高原四郎

206691-5

う-9-14 **百鬼園戦後日記Ⅲ** 内田百閒

自宅へ客を招き九晩かけて還暦を祝う。昭和二十三年六月一日から二十四年十二月三十一日まで。索引付。〈巻末エッセイ〉平山三郎・中村武志〈解説〉佐伯泰英

206704-2

う-9-11
大貧帳
内田百閒
お金はなくても腹の底はいつも福福である——質屋、借金、原稿料……飄然としたなかに笑いが滲みでる。百鬼園先生独特の諧謔に彩られた貧乏美学エッセイ。
206469-0

お-2-12
大岡昇平 歴史小説集成
大岡昇平
「挙兵」「吉村虎太郎」など長篇『天誅組』に連なる作品群ほか、「高杉晋作」「竜馬殺し」「将門記」など戦争小説としての歴史小説全10編。〈解説〉川村 湊
206352-5

お-2-13
レイテ戦記(一)
大岡昇平
太平洋戦争の天王山・レイテ島での死闘を再現した戦記文学の金字塔。巻末に講演「『レイテ戦記』の意図」を付す。毎日芸術賞受賞。〈解説〉大江健三郎
206576-5

お-2-14
レイテ戦記(二)
大岡昇平
リモン峠で戦った第一師団の歩兵は、日本の歴史自身と戦っていたのである——インタビュー「『レイテ戦記』を語る」を収録。〈解説〉加賀乙彦
206580-2

お-2-15
レイテ戦記(三)
大岡昇平
マッカーサー大将がレイテ戦終結を宣言後も、徹底抗戦を続ける日本軍。大西巨人との対談「戦争・文学・人間」を巻末に新収録。〈解説〉菅野昭正
206595-6

お-2-16
レイテ戦記(四)
大岡昇平
太平洋戦争最悪の戦場を鎮魂の祈りを込め描く著者渾身の巨篇。巻末に「連載後記」、エッセイ「『レイテ戦記』を直す」を新たに付す。〈解説〉加藤陽子
206610-6

お-2-17
小林秀雄
大岡昇平
親交五十五年、評論から追悼文まで「人生の教師」であった批評家の詩と真実を綴った全文集。巻末に小林との対談収録。文庫オリジナル。〈解説〉山城むつみ
206656-4

お-2-18
成城だより 付・作家の日記
大岡昇平
文学、映画、漫画……闊達に綴った日記文学。一九七九年十一月から八〇年十月まで。「作家の日記」を併録。全三巻。〈巻末付録〉小林信彦・三島由紀夫
206765-3

各書目の下段の数字はISBNコードです。978－4－12が省略してあります。

お-2-19
成城だよりⅡ
大岡昇平
六十五年を読書にすごせし、わが一生、本の終焉と共に終らんとす——。大いに読み、書く日々。一九八二年一月から十二月まで。〈巻末エッセイ〉保坂和志
206777-6

お-2-20
成城だよりⅢ
大岡昇平
とにかくひどい戦後四十年目だった——。防衛費一％枠撤廃、靖国参拝……戦後派作家の慷慨。一九八五年一月から十二月まで。全巻完結。〈解説〉金井美恵子
206788-2

よ-5-11
酒談義
吉田健一
少しばかり飲むというの程つまらないことはない——。飲み方から各種酒の味、思い出の酒場まで、ユーモラスに綴る究極の酒エッセイ集。文庫オリジナル。
206397-6

よ-5-10
舌鼓ところどころ／私の食物誌
吉田健一
グルマン吉田健一の名を広く知らしめた「舌鼓ところどころ」、全国各地の旨いものを紹介する「私の食物誌」。著者の二大食味随筆を一冊にした待望の決定版。
206409-6

よ-5-12
父のこと
吉田健一
ワンマン宰相はワンマン親爺だったのか。長男である著者の吉田茂に関する全エッセイと父子対談「大磯清談」を併せた待望の一冊。吉田茂没後50年記念出版。
206453-9

よ-5-8
汽車旅の酒
吉田健一
旅をこよなく愛する文士が美酒と美食を求めて、金沢へ、そして各地へ。ユーモアに満ち、ダンディズムが光る汽車旅エッセイを初集成。〈解説〉長谷川郁夫
206080-7

よ-5-9
わが人生処方
吉田健一
独特の人生観を綴った洒脱な文章から名篇「余生の文学」まで。大人の風格漂う人生と読書をめぐる随想集。吉田暁子・松浦寿輝対談を併録。文庫オリジナル。
206421-8

た-30-10
瘋癲（ふうてん）老人日記
谷崎潤一郎
七十七歳の卯木は美しく驕慢な嫁颯子に魅かれ、変形的間接的な方法で性的快楽を得ようとする。老いの身の性と死の対決を芸術の世界に昇華させた名作。
203818-9

た-30-11
人魚の嘆き・魔術師
谷崎潤一郎
愛親覚羅氏の王朝が六月の牡丹のように栄え耀いていた時分——南京の貴公子の人魚への讃嘆、また魔術師と半羊神の妖しい世界に遊ぶ。〈解説〉中井英夫
200519-8

た-30-13
細　雪（全）
谷崎潤一郎
大阪船場の旧家蒔岡家の美しい四姉妹を優雅な風俗・行事とともに描く。女性への永遠の願いを〝雪子〟に託す谷崎文学の代表作。〈解説〉田辺聖子
200991-2

た-30-18
春琴抄・吉野葛
谷崎潤一郎
美貌と才気に恵まれた盲目の地唄の師匠春琴。その弟子佐助は献身と愛ゆえに自らも盲目となる——代表作『春琴抄』と『吉野葛』を収録。〈解説〉河野多恵子
201290-5

た-30-24
盲目物語
谷崎潤一郎
長政・勝家二人の武将に嫁し、戦国の残酷な世を生きた小谷方と淀君ら三人の姫君の境涯を、盲いの法師が絶妙な語り口で物語る名作。〈解説〉佐伯彰一
202003-0

た-30-25
お艶殺し
谷崎潤一郎
駿河屋の一人娘お艶と奉公人新助は雪の夜駆落ちした。幸せを求めた道行きだった筈が……。芸術とは何かを探求した「金色の死」併載。〈解説〉佐伯彰一
202006-1

た-30-26
乱菊物語
谷崎潤一郎
戦乱の室町、播州の太守赤松家と執権浦上家の確執を史的背景に、谷崎が〝自由なる空想〟を繰り広げた伝奇ロマン（前篇のみで中断）。〈解説〉佐伯彰一
202335-2

た-30-27
陰翳礼讃
谷崎潤一郎
日本の伝統美の本質を、かげや隈の内に見出す「陰翳礼讃」「厠のいろいろ」を始め、「恋愛及び色情」「客ぎらい」など随想六篇を収む。〈解説〉吉行淳之介
202413-7

た-30-28
文章読本
谷崎潤一郎
正しく文学作品を鑑賞し、美しい文章を書こうと願うすべての人の必読書。文章入門としてだけでなく文豪の豊かな経験談でもある。〈解説〉吉行淳之介
202535-6

各書目の下段の数字はISBNコードです。978－4－12が省略してあります。

た-30-46
武州公秘話
谷崎潤一郎
敵の首級を洗い清める美女の様子にみせられた少年――戦国時代に題材をとり、奔放な着想をもりこんで描かれた伝奇ロマン。木村荘八挿画収載。〈解説〉佐伯彰一
204518-7

た-30-47
聞書抄(ききがきしょう)
谷崎潤一郎
落魄した石田三成の娘の前にあらわれた盲目の法師。彼が語りはじめたこの世の地獄絵巻とは。菅楯彦による連載時の挿画七十三葉を完全収載。〈解説〉千葉俊二
204577-4

た-30-48
月と狂言師
谷崎潤一郎
昭和二十年代に発表された随筆に、「疎開日記」を加えた全七篇。空爆をさけ疎開していた日々のなかできれぎれに思いかえされる風雅なよろこび。〈解説〉千葉俊二
204615-3

た-30-50
少将滋幹(しげもと)の母
谷崎潤一郎
母を恋い慕う幼い滋幹は、宮中奥深く権力者に囲われた母の元に通う。平安文学に材をとった谷崎文学の傑作。小倉遊亀による挿画完全収載。〈解説〉千葉俊二
204664-1

た-30-52
痴人の愛
谷崎潤一郎
美少女ナオミの若々しい肢体にひかれ、やがて成熟したその奔放な魅力のとりことなった譲治。女の魔性に跪く男の惑乱と陶酔を描く。〈解説〉河野多恵子
204767-9

た-30-53
卍（まんじ）
谷崎潤一郎
光子という美の奴隷となった柿内夫妻は、卍のように絡みあいながら破滅に向かう。官能的な愛のなかに心理的マゾヒズムを描いた傑作。〈解説〉千葉俊二
204766-2

た-30-54
夢の浮橋
谷崎潤一郎
夭折した母によく似た継母。主人公は継母への憧れと生母への思慕から二人を意識の中で混同させてゆく。谷崎文学における母恋物語の白眉。〈解説〉千葉俊二
204913-0

た-30-55
猫と庄造と二人のをんな
谷崎潤一郎
猫に嫉妬する妻と元妻、そして女より猫がかわいくてたまらない男が繰り広げる軽妙な心理コメディの傑作。安井曾太郎の挿画収載。〈解説〉千葉俊二
205815-6

た-30-6
鍵 棟方志功全板画収載
谷崎潤一郎
妻の肉体に死をすら打ち込む男と、死に至るまで誘惑することを貞節と考える妻。性の悦楽と恐怖を限界点まで追求した問題の長篇。〈解説〉綱淵謙錠
200053-7

た-30-7
台所太平記
谷崎潤一郎
若さ溢れる女性たちが惹き起す騒動で、千倉家のお台所はてんやわんや。愛情とユーモアに満ちた筆で描く抱腹絶倒の女中さん列伝。〈解説〉阿部 昭
200088-9

み-9-10
荒野より 新装版
三島由紀夫
不気味な青年の訪れを綴った短編「荒野より」、東京五輪観戦記「オリンピック」など、〈楯の会〉結成前の心境を綴った作品集。〈解説〉猪瀬直樹
206265-8

み-9-11
小説読本
三島由紀夫
作家を志す人々のために「小説とは何か」を解き明かし、自ら実践する小説作法を披瀝する、三島由紀夫による小説指南の書。〈解説〉平野啓一郎
206302-0

み-9-12
古典文学読本
三島由紀夫
「日本文学小史」をはじめ、独自の美意識によって古今集や能、葉隠まで古典の魅力を綴った秀抜なエッセイを初集成。文庫オリジナル。〈解説〉富岡幸一郎
206323-5

み-9-14
太陽と鉄・私の遍歴時代
三島由紀夫
三島文学の本質を明かす自伝的作品二編に、自死直前のロングインタビュー「三島由紀夫最後の言葉」（聞き手・古林尚）を併録した決定版。〈解説〉佐伯彰一
206823-0

み-9-15
文章読本 新装版
三島由紀夫
あらゆる様式の文章・技巧の面白さ美しさを、該博な知識と豊富な実例と実作の経験から詳細に解明した万人必読の書。人名・作品名索引付。〈解説〉野口武彦
206860-5

み-9-9
作家論 新装版
三島由紀夫
森鷗外、谷崎潤一郎、川端康成ら作家15人の詩精神と美意識を解明。『太陽と鉄』と共に「批評の仕事の二本の柱」と自認する書。〈解説〉関川夏央
206259-7

各書目の下段の数字はISBNコードです。978-4-12が省略してあります。

み-9-13
戦後日記
三島由紀夫
「小説家の休暇」「裸体と衣裳」ほか、昭和二十三年から四十二年の間日記形式で発表されたエッセイを年代順に収録。三島による戦後史のドキュメント。
206726-4

み-10-24
文壇放浪
水上　勉
編集者として出版社を渡り歩き直木賞作家に。波乱に富んだ六十年を振り返り、様々な作家を回想、戦中・戦後の出版界が生き生きと描かれる。〈解説〉大木志門
206816-2

ま-12-11
ミステリーの系譜
松本　清張
一夜のうちに大量殺人を犯す「闇に駆ける猟銃」、継子の娘を殺し連れ子と「肉鍋を食う女」など、人間の異常に挑む、恐怖の物語集。〈解説〉権田萬治
200162-6

ま-12-24
実感的人生論
松本　清張
不断の向上心、強靭な精神力で自らを動かし、つねに新たな分野へと向かって行った清張の生き方の根底にあったものは何か。自身の人生を振り返るエッセイ集。
204449-4

ふ-22-4
編集者冥利の生活
古山高麗雄
安岡章太郎「悪い仲間」のモデル、『季刊藝術』の同人として知られた芥川賞作家の自伝的エッセイ&交友録。表題作ほか初収録作品多数。〈解説〉荻原魚雷
206630-4

た-43-2
詩人の旅　増補新版
田村　隆一
荒地の詩人はウイスキーを道連れに各地に旅立った。北海道から沖縄まで十二の紀行と「ぼくのひとり旅論」を収める〈ニホン酔夢行〉。〈解説〉長谷川郁夫
206790-5

ホ-3-2
ポー名作集
E・A・ポー
丸谷才一訳
理性と夢幻、不安と狂気が綾なす美の世界——短篇の名手ポーの代表的傑作「モルグ街の殺人」「黄金虫」「黒猫」「アシャー館の崩壊」全八篇を格調高い丸谷訳でおさめる。
205347-2

ホ-3-3
ポー傑作集　江戸川乱歩名義訳
E・A・ポー
渡辺　温
渡辺　啓助　訳
全集から削除された幻のベストセラー、渡辺兄弟のゴシック風名訳が堂々の復刊。温（おん）について綴った江戸川乱歩と谷崎潤一郎の文章も収載。〈解説〉浜田雄介
206784-4